長編超《スーパー》伝奇小説
ドクター・メフィスト

菊《き》地《ち》秀《ひで》行《ゆき》

若《わか》き魔《ま》道《どう》士《し》

NON NOVEL

祥伝社

目次

カバー&本文イラスト／末弥　純
装幀／かとう　ふみつひこ

一九八X年九月十三日金曜日、午前三時ちょうど——。マグニチュード八・五を超《こ》す直下型の巨大地震が新宿区を襲った。死者の数、四万五〇〇〇。街は瓦礫《がれき》と化し、新宿は壊滅《かいめつ》。そして、区の外縁には幅二〇〇メートル、深さ五十数キロに達する奇怪な〈亀裂〉が生じた。新宿区以外には微震さえ感じさせなかったこの地震は、後に〈魔震《デビル・クエイク》〉と名付けられる。

以後、〈亀裂〉によって〈区外〉と隔絶《かくぜつ》された〈新宿〉は急速な復興を遂《と》げるが、その街を産み出したものが〈魔震〉ならば、産み落とされた〈新宿〉はかつての新宿であるはずがなかった。早稲田《わせだ》、西新宿、四谷《よつや》、その三カ所だけに設《もう》けられたゲートからしか出入りが許されぬ悪鬼妖物がひしめく魔境——人は、それを〈魔界都市"新宿"〉と呼ぶ。

そして、この街は、聖と邪を超越した美しい医師によって、生と死の物語を紡《つむ》ぎつづけていく。死者すら甦《よみがえ》らせると言われる〈魔界医師〉——ドクター・メフィストを語り手に。

第一章　兄弟子《あにでし》からの依頼

1

肌寒い夏であった。

太陽は燃えさかる水素の熱を、惜しげもなくふるまってくれるのに、ひとたび風が立つや、〈区民〉たちは上衣の前を合わせ、毛《ウール》のマフラーを巻き直し、建物や車や他の人々の影に入るのを極力避けようと努めた。

そして、風が熄《や》むや、噴《ふ》き出す汗を拭《ぬぐ》う暇《ひま》も惜しんで、薄氷《うすらい》のごとき冷気を保つ影の中へ、我先に駆け込んでひと息つくのだった。

妖物の襲撃はさほど減らなかったが、熱に弱い一党が老いも若きも行き倒れ状態で発見され、炎天下における脱水症状——すなわち夏バテと判明して、調査員たちを呆《あき》れさせた。

「こりゃ、何かあるぞ」

と人々は声を合わせ、或《ある》いは胸の裡《うち》で呪文のようにつぶやいた。

そんな夏。

つぶやきに応《こた》えたのは、白い医師であった。


「これはお珍しい」

患者に対する以外、感情というものが致命的に表出しない声であったが、今日——七月二五日、午前一〇時には、愛想《あいそ》程度の懐《なつ》かしさを含んで、院長室の青い光を驚かせた。

「ドクトル・ゾルタン・バイユ」

名指しの声に、ソファに掛けた向かって右端のひとりが軽い会釈《えしゃく》をした。挨拶《あいさつ》ではなく、うなずいたのである。短く整えた髪は雪の冠《かんむり》のように白い。そのくせ肌は子供のように艶《つや》やかで、さらにそのくせ、かなりの老齢としか思えぬ顔をしていた。

「ドクトル・イワン・シェンキヴィッチ」

長い茶髪は肩までかかり、凹《へこ》んだ眼は、声の主同様、感情というものを鉄扉《てつぴ》で封じていた。髪と同じ色をした上衣の袖口《そでぐち》から覗《のぞ》く手首には、色とりどりのビーズをつないだ環《わ》が、何本も巻かれていた。

「ドクトル・元唱林《げんしようりん》」

　ただひとりの東洋人は、言い伝えのとおり、西洋の仲間より遥《はる》かに無表情な、石のごとき面持《おもも》ちであった。朱色《しゆいろ》も鮮やかな道服《どうふく》の胸もとで、黄金の数珠《じゆず》がきらめいているが、顔のせいで、少しもきらびやかには見えなかった。

「ドクトル・ミーシャ・バイヤン」

　またも、ただひとりだった。これは腰までどころかくるぶしにまでかかる西洋人には珍しい黒髪が、肌の白さと瑞々《みずみず》しさを際立《きわだ》たせ、よくぞこの街を無事にここまで辿《たど》り着けたと思わせる美貌《びぼう》と協奏を奏《かな》でていた。全員四〇過ぎと思われる男たちの中で、この女だけは二〇代半《なか》ばの生気を湛《たた》えていた。

「ドクトル・ポール・ランダース」

　この部屋に通されたときから、いかつい顔を俯《うつむ》きっ放しにした男を見ると、疲労の極みよりも、途方もない苦悩に打ちひしがれているとしか思えない。他の誰よりも尋常な雰囲気を持っているのは、そのせいかも知れなかった。

「ドクトル・シュワルツヴァルト」

　この男にのみ名前はない。右眼を黒い眼帯で覆《おお》った土気色《つちけいろ》の顔には、しかし、マグマのような精気が漲《みなぎ》り、黒い森を意味するドイツ語の姓も、身につけた技のような幻かも知れないと思わせる。膝《ひざ》に乗せた両手指がせわしなく動いているのも異様だった。

「我が六人の兄弟子《あにでし》――ようこそ、我が病院へ」

　冷ややかに、恭《うやうや》しく一礼した声の主がドクター・メフィストなのは言うまでもない。会話は古代ゲルマン語を基にしたファウスト魔術校公用語――魔術語だ。

　六人の男女の全身から立ち昇る、凶気ともいうべき凶々《まがまが》しさも、その美貌が吸い込み、粉砕し、浄化して、霧のように吹き飛ばしてしまいそうだ。

だが、この医師が、単に時間的関係だけで、無能の輩《やから》を兄弟子と呼ぶのはともかく、遇するはずはない。「院長室」――病院の古参スタッフですら、その実在を知ってはいても、行き着けるとは限らないという部屋へ、彼らは誰の案内もなく院長より先に入室していたのだ。

「我が尊敬と畏怖《いふ》とを同時に受けるべき先輩諸賢が勢揃《せいぞろ》いとは、ただならぬ用件とお見受けいたしますが？」

「そのとおりだ」

とうなずいたのは、ドクトル・シュワルツヴァルトであった。

彼はすぐ本題に切り込んだ。

「手短に言おう。第三牢獄《ろうごく》の囚人どもが逃亡し、この街へ入り込んだ。彼らの幽閉時に与えられた師の命《めい》によって、我々は奴らを追い、処分しなければならん。そこでおまえの力が要《い》る」

この世の中で、白い医師をおまえ呼ばわりできるのは、ふたりしかいない。――この伝説が、いま覆《くつがえ》されようとしていた。そして、これは協力の要請ではなく、強制だ。

「第三牢獄囚――これはまた厄介《やっかい》な連中を。失態の原因はご存じですかな？」

第三牢獄囚の次にメフィストは間を置いた。それは囚人たちの恐るべき実体を示すものであった。

「端的に言えば、師の怠慢《たいまん》だ」

シュワルツヴァルトは、ためらいもせず応じた。声には怒りがこもっていた。

「奴らを封じてから五〇〇年の間、師はただの一度も見廻《みまわ》らず、牢獄の検査にも行かなかった」

五〇〇年前――そのとき、彼らは脱獄者の追跡と討伐を命じられたと言った。この事実が語る時間の理不尽さを、しかし誰ひとり訝《いぶか》しむ者はない。

「師の作られた獄ならば、この星の終末まで保《も》つでしょう」

メフィストの言葉に、

「ところが、そうはいかないのよ、メフィスト」

もしも、この場に少しでも白い医師のことを知る者がいたのなら、恐怖のあまり気を失ったに違いない。

女がドクター・メフィストを呼び捨てにするとは。そして、白い医師が毛すじほどの反発も示さぬとは。

「獄には、外から手を加えた形跡があるの。彼らの脱獄を策した者がどこかにいるのよ」

「ドクトル・バイヤン」

メフィストはいつもの口調でその名を口にした。

「ここにいる方々なら、誰ひとり取っても、その形跡を眼にしただけで、工作者の正体を見抜けたはずです。いかがでしょう」

「それが、さっぱり」

美女は両手を振り上げて、膝へと叩きつけた。オレンジ色のスーツが、動きに合わせて生きもののように妖《あや》しく蠢《うごめ》く――そう見えた。

「いえ、敵の工作が凄《すご》かったわけじゃあないわ。みんなを見てちょうだい」

見るまでもなかった。

みな、それなりの服装《みなり》は保っているが、どこかくたびれている風だ。ドクター・メフィストの前に漂《ただよ》う臭《にお》いは、生活のそれであった。

「ゾルタンとポールはそれぞれベニスとニューヨークの薬局経営、イワンはモスクワの中学の教師、ミュワルツヴァルトにしてもボンの公立病院勤務だわ。師の下《もと》を去ってどれくらい経《た》つと思うの？　みんな魔法よりも生活に身を入れなくちゃならないの」

「ごもっともですな」

メフィストの声は宇宙のごとく冷たかった。

「だから、おまえの力が要るのよ。この街は、私たちが知るどんな魔性《ましょう》の都市よりも不気味でおぞましく、危険だわ。それが第三獄の連中に、どれほどの恩恵をもたらすかわかるでしょう。奴らは日に日にその力を増している。私たちの手に負えなくなる前に、処分しなくてはならないわ」

　ここにメフィストをおまえと呼ぶ女がいる。

「魔性は魔性を餌《えさ》にして育つ」

　今まで無言を維持していた元唱林が詩を吟《ぎん》ずるように言った。

「今さら詮《せん》なきことだが、師はなぜ彼らを抹殺せずに生かしておいたのか」

　苦渋《くじゅう》を隠さぬ声であった。

「答えはわかっている。師の御《み》こころは、常に我らの理解を超えている。問いほど無益なことはない――絶対の真理だ。だが、師ももとは我々と同じ人間だった。あまりにも愚《おろ》かなミスを犯さないとは限らない。神さえも、人間などというものをこしらえたのだからな」

「今、どちらに？」

　これはメフィストの問いである。

　全員の首が横に振られた。メフィストの口もとを、笑いの影が過ぎた。この奇怪な兄弟子たちの行動が一致するのを見るのは、久しぶりだったからだ。

「ならば、問うても無駄ですな。――第三獄囚たちは、いつ〈新宿〉へ？」

　ランダースが答えた。

「少なくとも一週間前だ」

「それにしては、何の異常も生じておりませんな」

　メフィストの言葉に、

「雌伏《しふく》のときだろう」

　とシェンキヴィッチが応じた。

「奴らはこの街の妖気を吸収してパワー・アップを図《はか》る。それを成し遂げるまで余計な動きは控えているんだ」

「どうして、そんなことわかるのよ」

　ミーシャが冷たい眼差《まなざ》しを向けた。声に険《けん》がある。

「はっきり言うわね、メフィスト。私たち、第三獄

囚どもについて、何ひとつ知らないの。危険な魔性どもという以外は人数さえも。すべてをご存じなのは師、だけよ」

「私も皆目」

と受けて、メフィストは、

「まことと、師の御こころは謎《なぞ》めいておりますな。わざわざおいでくださった兄弟子方の思いにお応えしたいのは山々なのですが、獄囚追討に関する石板に私の名前がない以上、お力添えはいたしかねます」

「それは承知の上だ」

シュワルツヴァルトが断ち切るように言った。

「おまえに手を汚せとは言わん。だが、この街の住人として力を貸すのは差し支《つか》えあるまい」

「何なりと」

そう答えた瞬間、白い医師の口から白い球体が噴出した。黒髪とケープが、あり得ない水流に合わせて右へと流れはじめる。メフィストが洩《も》らしたのは気泡であった。院長室は突如《とつじょ》、水底《みなそこ》と化したのだ。


ソファに掛けた者たちが、誰ひとり動揺した風も見せないのを確かめ、メフィストはわずかに唇を開いた。

噴出した気泡が、それが望みとしか思えない速さで、そこへ吸い込まれた瞬間、水は消えた。

青い光に満ちた院長室に、水の痕跡《こんせき》など何ひとつ残っていない。

「テストがお好きなのは、相変わらずですな」

メフィストの瞳の中で、ただひとりの女性が苦笑を浮かべた。白い医師は、水底と化す寸前、この美女が何やら口にしたのを聞き逃さなかったのだ。

「失礼——おまえの腕がなまっていないかどうか、確かめさせてもらったわ。ひと安心ね」

「いえ」

メフィストの顔が、小さく横に振られた。

「大丈夫。私が保証するわ」

「私のことではありません、ドクトル・バイヤン」

美女は、え？　という表情になった。

五対《つい》の視線が二人を貫《つらぬ》いた。

「あんたのことらしいぜ、ミーシャ」

こう言ったのは、シェンキヴィッチである。その顔へ凄《すさ》まじい怒りの表情を向け、矢のようにメフィストへ戻って、

「どういう意味?」

「弟弟子の無礼な発言をお許し願えますかな?」

「いいですとも。これからずっと許してあげる。だから、仰《お》っしゃいなさいな」

「では」

メフィストは軽く一礼して、

「私はさしたる苦労もなく、あなたの術を破りました。我ながら呆気《あっけ》にとられたくらい、あなたの腕はいい、なまくら化しています。失礼ながら、これから生じる事態を考えれば、待つのは虚《むな》しい死のみでしょう」

言いも言ったり。

地獄へ突き落とされたような顔つきの女魔道士の周囲から、並みの人間なら発狂しかねぬ殺気が燃え上がるや、一匹の龍と化して白い医師を襲った。

2

その長身の若者は、午前一〇時を四〇分ほど廻った時刻に〈四谷《よつや》ゲート〉を抜けてきた。

灰色のスタンド・カラーのシャツを肘《ひじ》までめくり上げ、すれ違う男女が、しばらく見送らずにはいられぬくらい長い脚《あし》を細いジーンズに嵌《は》め込んで、足取りは軽かった。背のリュックの重みも、若い潑剌《はつらつ》たる情熱を支えるエネルギーには何ほどのこともないようであった。

〈ゲート〉近くに群がるタクシーには眼もくれず、埃《ほこり》だらけのウォーキング・シューズで一度足踏みをすると、真っすぐ〈新宿駅〉の方へと歩きだした。三時間前に羽田《はねだ》へ着いてから、一度も休まず徒歩で辿り着いたのであった。

〈新宿通り〉を歩き抜けて、〈靖国《やすくに》通り〉と〈旧区役所通り〉の交差点まで来ると、これまでずっとそうだったように、信号は青に変わった。向こう側から歩きだした人々の中に、あの六人がいた。彼らが気づく前に若者は向きを変え、〈大ガード〉の方へ歩きだした。次の信号が青に変わったとき、彼は通りを渡って最初の交差点の方へと戻り、それから、〈メフィスト病院〉の門をくぐった。通行人は多かったが、彼は足も止めず、一度も通行人をよけもせず、向こうもよけなかった。

受付の前に立つと、女性係員が、あら、という表情をこしらえた。すれ違う連中が彼をふり返ったのは、脚の長さの他に、このせいでもあった。

若者は、凄まじい美貌の主だったのである。

数分後、彼は青い光の満ちた院長室で白い医師と向かい合っていた。

「第九九九九期卒業生〝見習い〟フランツ・ベルゲナー君か。名前は師から聞いている」

「光栄です」

と答えた若者は、試験官を前にした生徒のように直立不動の姿勢を取っていた。桜色の頬《ほお》は伝説の先輩を前にした感動のせいではむろんない。

「君も第三牢獄からの脱走者を追ってきたという が、先輩たちからはひとことも聞いていない」

「それは」

と言ってから、若者は右手の平を上にして、黒檀《こくたん》のテーブルに広げた。

ほぼ中央に小さな黒子《ほくろ》がある。

ちらと眼をやって、メフィストはうなずいた。

「確かに脱獄者を追討せよとの師の命令文だ。これでは頼まれても止められんな」

「頼まれた？　誰が僕を止めるようにと？」

「ドクトル・ポール・ランダースだ。みなが帰路に就《つ》いてすぐ、ひとり戻ってきて、君が来たら何とか故郷へ帰るように説得するか、術をかけてくれと言った」

ドクトル・ランダース、と若者――フランツ・ベルゲナーは小さく口にして、

「忘れてください。誰が何と言っても、僕は使命を果たすつもりです」

眼と眼が合った。片方は炎のような責任感と情熱に溢《あふ》れ、片方はそれらを一瞬のうちに消し去ってしまうかのような、負の力の漲る眼であった。

メフィストは言った。

「そのとおり。師の言葉は鉄だ。だが、なぜ私のところへ来たね？」

「伝説の先輩に対する挨拶です。これで夢のひとつが叶《かな》いました。まさか、こんな形でお目にかかるとは思いませんでしたが」

「幾《いく》つだね？」

「今年の四月で一九になりました」

「死ぬには若すぎる」

フランツは一瞬、沈黙してから、

「死ぬとは限りません」

と微笑を含んだ。

「先輩たちには到底及びませんが、我が師ドクトル・ファウスト直伝《じきでん》の魔道の法が血管の中を流れております」

「そこだ。魔術の修業はよしとして、師はなぜ討伐隊に私を選ばず、〝見習い〟の君を？」

「わかりかねます」

「師は時としてあまりに人間的な間違いを犯すが、愚かではない。失われる生命《いのち》や魂に対する同情の念もないとは言えん。今回のような事態に直面したのなら、討伐隊のリストから、まず君を除外するだろう」

「そうされなくて光栄だと思っています」

きっぱりと口にした美しい若者を、白い医師は黙って見つめていた。

「師の御こころは、いつか知れるだろう。家の心当たりはあるのかね？」

「全く」

「すぐ探させる。五分ほど待ちたまえ」

こう言って、机上のインターフォンで医局を呼び出して、ひとり暮らしに向いた部屋を近くで探せと命じてから、

「私は師からひと巻きの針金を頂戴《ちょうだい》した。それが卒業祝いだった」

「存じております。数千年の歴史を誇るファウスト魔術校の中で、師手ずから祝いの品を贈られた卒業生はわずかに二人――みなその方たちを天上の星のごとくに仰《あお》いで修業に身を削《けず》りました」

「先刻、ドクトル・ランダースから聞いた。三人目が出そうだと」

「…………」

「そんな貴重な人材を危険な目に遭《あ》わせてはならんというのが、ドクトル・ランダースの願いだった。だが、それは叶えられん」

「むろんです」にこやかな笑みの背後に、圧倒的な自負が山脈のごとくそびえていた。

メフィストのケープの合わせ目から、このとき、光るすじがせり出して机上にうねくった。針金であった。それは縦に伸び、横に広がり、斜めに走って、一個の函《はこ》を形成した。

若者は、ケープから出たメフィストの右手が、一枚の金貨をつまみ、上から――函の天井も底も側面も、すべて対角線上に交差する針金だけで成り立っていた――落とし込むのを見た。

金貨は底へ着く前に消えた。

「取り出してみたまえ」

これは挑戦だと、〝見習い〟のフランツが理解したかどうか。

彼は何やら呪文らしきものを低く唱《とな》えると、右手の親指と人さし指の先に軽く口づけを与えた。

後は――簡単だった。

落ちた金貨は拾い上げれば済む。

その指を函の上から差し込み、彼は眼を閉じた。その姿は単なる瞑想者《めいそうしゃ》ではなく、宇宙の摂理《せつり》に思いを巡らす哲学の徒と映《うつ》った。

だが、それも数秒、フランツは右手を、何かつまんだような形で函から持ち上げた。天井を抜けた指は金貨をはさんでいた。

　メフィストの前にそれを置き、美しい若者はそっと一礼した。

「炎の宮第三科九難度取得技〝ファウストの口づけ〟――見事だ」

　さっき、ドクトル・ファウストから祝いの品を受けたのは二人きりだとフランツは言った。だが、ドクター・メフィストの微笑を贈られた者もまた、二人きりではないのか。

「それを七文字の声だけでかけられるなら、とうに〝見習い〟の文字を外すべきだろう。君だけは、魔道の術の精神を忘れていないと見える。卒業して二年――今の職業は何だね？」

「デュッセルドルフのケーキ職人です。それも見習い」

「さぞや、客が引きも切らぬことだろう。主人の顔だけで商売を営《いとな》むせんべい屋に、爪《つめ》の垢《あか》でも煎《せん》じて飲ませてやりたいところだが」

　こうつぶやいてから、訝しげな視線に気づき、知らずに声に含んだ感情を糊塗《こと》するかのように眼を閉じた。途端にインターフォンが鳴った。

　男の声が、物件が見つかりましたと告げ、住所と不動産屋の名前を付け加えた。

　ご苦労と返し、メフィストは若者を見つめた。

「敷金と礼金は負担しよう。家賃はまかせる。日払いで済むといいが」

「そんなお世話になっては――」

「六人の兄弟子には何もしてやれなかった。受けたまえ」

　生来の素直さと、眼前の偉大な先輩への尊敬の念が、甘受《かんじゅ》への反発を拭い去った。

深々と頭を下げて、

「お受けします」

その頭が戻りかけたとき、ノックの音が鳴った。

二人の眼が同時に、室内を流れる水路の向こう
――黒い扉に突き刺さった。

また鳴った。

「入りたまえ」

メフィストが応じた。開く、どころか、それがあるとも知れぬ院長室であった。

ノックの主は開く力を備えていたらしい。或いは扉が選んだものか。

扉は蝶番《ちょうつがい》のきしみを四方に渡らせながら、内側に開きはじめた。

長方形の光の中に人影が立っている。それは一歩前進し――二人の前に立っていた。

「ドクトル・ランダース!?」

驚きの声はもちろん、フランツのものだ。

全身血にまみれた魔道士は、ゆっくりと右手を上げて、流血の原因を指さした。

頭頂部に食い込んだ手斧《ておの》を。

「おれはもう死んでる」

とランダースは言った。人間以外のものの声であった。激しく咳《せ》き込み、ようやく収まってから、

「あの後――おれたちは『ホテル・メトロポリス』に帰る途中の路上で襲われた。おれと、シェンキヴィッチが殺《や》られた。他の連中のことはわからない」

「第三獄囚ですかな？」

メフィストは静かに訊《き》いた。手ずから助けようとも人を呼ぼうともしない。相手は――言葉どおり――死人《しびと》なのだ。

「他にいるか？　反撃はしたが、大したダメージは与えられなかった。あいつら――凄まじい勢いでパワー・アップしてる」

ランダースはよろめいた。フランツが伸ばした手を押しのけて、また咳き込んだ。

「そろそろ逝《い》かなくては。細かいことは、こいつに

訊いてくれ」

　人さし指が斧を差した。それからフランツへ眼をやり、

「まだ坊やだが、おれたち以上の逸材だ。心配なのはそこさ——メフィストよ、無理なのは承知だが、できたら、彼をよろしく頼む」

「安堵《あんど》してお逝きなさい」

「感謝する。おれの最後の術の披露《ひろう》が礼だ」

　ドクトル・ランダースは斧に手を掛け、引き抜いた。鮮血が噴き上がり、次の瞬間、持ち主を失《な》くした斧が床に落ちて高い音を立てた。

　血と脳漿《のうしょう》にまみれた手斧をメフィストは拾い上げた。

「願いは聞きたいが、私の出番は作られておらん」

　彼は手斧をフランツに放った。

「彼の最後の術だ」

「承知しております。後は僕におまかせください」


　精悍《せいかん》な顔が微笑を浮かべたとき、インターフォンが鳴った。

　少し距離がある。メフィストは指輪を嵌めた左手を空中に向けた。

　出現したのは白衣の女性薬剤師であった。

「薬局の立花《たちばな》です。実は、いま院長の処方箋《しょほうせん》を持った方が見えられたのですが、処方箋に血が付いておりました。事情を伺《うかが》おうとしたら、もういらっしゃいません。それで——」

「私のサインが？」

　薬剤師は空中に映《うつ》らない手元に眼を落として、

「ございます」

と言った。

「相手の名前は？」

「ドクトル・ポール・ランダース」

　メフィストの背後で、若者が小さく何か叫んだ。

「薬は何だね？」

「咳止めです」

メフィストはうなずいた。

「調合したら、アメリカへ郵送したまえ。住所は後ほど伝える」

薬剤師が消えると、白い医師は若者を向き直った。

「私が処方箋を書いた以上、ドクトル・ランダースは私の患者だ。そして、ドクター・メフィストという名の医者が、患者の願いを聞かなかったことは一度もない」

メフィストは右手を伸ばした。フランツの手斧は、彼の手に移った。

「最後の術――見事にかかりました。我が兄よ」

兄弟子ではなく、兄。

世俗の塵《ちり》にまみれた魔道士の最後の術は、今、白い医師の胸に燃えざるはずの炎を、高々と燃えさからせつつあった。

六人の討伐隊から二人減り、しかし、二人加わって――なおも六人。

3

〈新宿駅〉南口の「ホテル・メトロポリス」は、〈甲州《こうしゅう》街道〉と〈明治《めいじ》通り〉の交差点に建つ九階建ての中級ホテルである。

正午過ぎ、最上階のセレモニー・ルームに五人の男女が集合した。

生き残りの四人のもとを、ドクター・メフィストが訪れたのである。〝見習い〟フランツは隣室に待機していた。自分も加わりたいという若者を、

「当人を前にしては、兄弟子たちの考え方に本心とのズレが生じる」

フランツは、ドクトル・ファウストの弟子にそんなことは起こり得ないと主張したが、

「彼らが修業を積んだのは、一〇〇〇年以上前だ」

とメフィストは言いくるめた。

「残念ながら、身につけた魔力は、自堕落《じだらく》な生活を

一万年続けても落ちないが、魔力抜きのまともな生活を五〇〇年も続ければ、色褪《いろあ》せてしまう。彼らがいい例だ」

呆然《ぼうぜん》となるフランツを隣室に残して、メフィストは四人の前に立った。

「シュワルツヴァルトに聞いたけど、やっとその気になってくれたらしいわね。嬉しいこと」

白い歯をきらめかせるミーシャへ、軽くうなずいてメフィストは、襲撃された前後の事情を聞かせてほしいと申し出た。

彼はまずシュワルツヴァルトに連絡を取った上で、セレモニー・ルームを要求したのである。ドクトル・ランダースとドクトル・ジェンキヴィッチの死体はミイラ化して、ドクトル・バイヤンが保管中というのも、そのとき耳にした。メフィストのところへやって来たランダースは精神体だったのである。

「ただし、ひとつだけ条件があります」


メフィストのひとことは空気を変えた。

「ドクトル・シュワルツヴァルトからお聞きかと存じますが、〝見習い〟フランツ・ベルゲナー——彼は即刻帰郷させていただきたい」

「ドクトル・ランダースが何か言うたようだの」

ドクトル・ゾルタン・バイユが白髪頭を掻《か》いた。若者めいた老人は光る眼をシュワルツヴァルトに向けた。最も先輩の彼がリーダーだったからだ。

「それは無理だ」

シュワルツヴァルトは即断した。

「彼の名も師の指令書にある以上、たとえ我々が納得してもどうにもならん。師の命《めい》は鉄だ。ここで故郷へ帰しても、必ずこの件に絡《から》んでくるだろう」

「そうなる前に、第三獄囚を始末すればよろしゅうございましょう」

部屋の温度が急速に下がるようなメフィストの言葉であった。兄弟子たちの二人は返り討ちに遭ったのだ。

シュワルツヴァルトは右の頬を軽く張った。それから、仲間のひとりひとりをゆっくりと眺めて、

「おれはボンで医者をやっている。可もなく不可もない日常だが、魔術の腕がどんどん荒《すさ》んでいくのがわかる。ドクトル・バイヤンは家政婦の派遣業だが、これもうまくいっていない。ドクトル・元の保育園にはここ数年、子供の入れ替えがない。ドクトル・バイユは薬局を経営しているが、一昨年、息子を事故で亡くしている。こんなはずではなかった」

「師は生業《なりわい》に区別をつけませんでした。また、魔術の使用を禁じてもおりません」

「わしたちは怖かったのさ」

ドクトル・バイユが、ひどく嗄《しわが》れた声で言った。

「師の下で学んだ魔術がどれほどの威力を持つか、究《きわ》めれば究めるほどに身の毛がよだった。もう少し素質に欠けていれば、これほどのことはなかっただろう。患者に二〇〇歳まで生きられる長寿薬を処方し、派遣社員の技倆《ぎりょう》を十倍に上げ、〝招人術〟を使えば、平凡な人生は順風満帆だったはずだ。わしの倅《せがれ》とて、空中浮遊の技さえ教えていれば——」

「やめてちょうだい」

ミーシャの声の刃《やいば》が、怨嗟《えんさ》とも悔恨《かいこん》ともつかない流れを断ち切った。美女の顔から生活のやつれが消え、ドクトル・ファウストの誇るべき弟子の素顔が氷のようにきらめいた。

「私たちの現況と今回の任務は無関係よ。——その性根が、ドクトル・シェンキヴィッチとドクトル・ランダースを殺したのね。〝闇壁《やみかべ》〟を作って。『再現』は私がするわ」

怒りが美貌を紅潮させていた。

バイユは沈黙し、シュワルツヴァルトが、息をひとつ吐いて、右手を上げた。それまで両手指をせわしなく絡み合わせていたのだ。

すぐに、よし、と言った。

すでに呪文らしきものをつぶやいていたミーシャの唇が止まった。

突如、遮《さえぎ》るもののない光が部屋に満ちた。おびただしい自動車のエンジン音と足音とざわめきがそこから生まれた。

一同は道の上にいた。

メフィストにはそこがどこかひと目でわかった。〈新宿通り〉との交差点から〈明治通り〉を真っすぐ、〈甲州街道〉へと向かう途中である。突き当たり――〈亀裂《きれつ》〉用鉄条網《バリケード》の前に、「ホテル・メトロポリス」がそびえていた。メフィストは〈明治通り〉の真ん中ですべてを眺めていた。タクシーや乗用車が次々にその身体《からだ》を通り抜けていく。

不意にざわめきが悲鳴に変わった。

同時にすべての動きが絶えた。

何が起きたのか、路上の六人は一瞬に見て取った。

通行人が一斉《いっせい》にアスファルトの路面に吸い込まれたのである。のみならず、他の動くものすべてはその場に固定されていた。タクシーの排気《エグゾースト》ノズルの先には排気煙が固まり、〈新宿駅〉東口からやって来る通行人たちは、思い思いの姿勢で次の一歩を待っている。

「見張られていたか、尾《つ》けられたか」

シェンキヴィッチが呻《うめ》いた。全員が戦闘用魔術のための呪文を唱え、或いは指を動かしている。

「来るぞ！」

ゾルタン・バイユの叫びと同時に、亀裂一本入っていないアスファルトの表面から、次々に人影が浮かび上がってきた。

いま消えたばかりの通行人たちだ。だが、地の底でどんな悪魔の手を加えられたものか、白眼を剝《む》いた双眸《そうぼう》からは鮮血がしたたり、鼻も唇も分厚く、身体はねじ曲がって、何か動物的なものに変わっている。

「〝獣化《じゅうか》術〟による一般人の兵士化だ」

イワン・シェンキヴィッチが周囲を見廻した。気をつけろとは言わなかった。多勢《たぜい》に無勢《ぶぜい》の場合、近くを通りかかった人物を獣化して、手勢として使う術である。戦闘魔術の初歩だ。彼らにしてみれば子供騙《だま》しだろう。

「おれにまかせろ」

と言い放って、シェンキヴィッチはすぐ左手の通行人の喉《のど》を摑《つか》んだ。

「〝雷《いかずち》の招来による死〟」

と彼は魔術語で叫んだ。

空中からひとすじの稲妻《いなずま》が、喉を摑まれた通行人の頭頂部を直撃したのは次の瞬間であった。稲妻は水を弾《はじ》いて飛ぶ小石のように光の尾を引いて〝獣化人〟を襲った。

稲妻の直撃は魔術単位で一〇〇万ボルトを超す。避雷処置を施《ほどこ》していたとしても、魔術的攻撃に使用される以上、それは物理的な防禦《ぼうぎょ》をすべて無効とし、標的には物理的単位の数百倍に達する魔術的エネルギーを叩きつけるのであった。地球上で、これに耐え得る生物は存在しないと言っていい。

シェンキヴィッチはもちろん、仲間たちも承知の上だ。〝獣化人〟たちが炎に包まれるのを見つめる表情は、秀才が単純な方程式を解くのを見るように冷静であった。

それが驚愕《きょうがく》に変わった。

最後のひとり――女子高生らしい年頃の娘を包んだ光が、シェンキヴィッチへも白い尾を引いたのだ。

全身を痙攣《けいれん》させて斃《たお》れた魔道士から立ち昇る黒煙が、肉の焼ける臭いを歩道に広げた。

「〝返しの逆流《さかなが》れ〟だ。〝闇壁〟をこしらえる！」

叫んだランダースの頭上へ、黒焦《くろこ》げの〝獣化人〟が襲いかかった。爪は健在であった。右のひと薙《な》ぎで、ランダースの顔の右半分が持っていかれた。その勢いで首が回転し、元の位置に元通りの顔で戻った。

「〝闇壁〟はおれが！」

ドクトル・バイユの声に一瞬遅れて、四界は闇に包まれた。

あらゆる外界からの刺激を遮断するファウスト魔術の一《いち》である。みるみるうちに、〝獣化人〟たちの姿が闇に吸い込まれていく。

風が鳴った。明らかに外から吹いている、と知った一同が、その行く手に眼をやったとき、前方でランダースがよろめいた。

その頭部に黒い手斧の刃が、深々と食い込んでいた。


光が戻った。妖物や呪術よけの分厚い窓ガラスをはさんだ光は、外より大分気だるかった。

「『再現』完了」

とドクトル・バイヤンが低く宣言した。

第二章　第三獄囚

1

「第三獄囚のひとりは判明しましたな」

メフィストが感想を口にした。

「〝返しの逆流れ〟を使えるのは、師の弟子でもひとりきりと聞いています。その名は『シ』。術者の術をすべて、その術者に報《むく》わしめる究極の魔術――それゆえに、修めた者は、例外なく発狂、狂死の運命を辿《たど》るとも」

「なるほど、師が第三牢獄へ封じるわけだ。二度と世に出してはならん、と――しかし、なぜ……」

力なく呪詛《じゅそ》を蒸《む》し返そうとするシュワルツヴァルトを、

「愚痴《ぐち》になるぞ」

と止めたのは、それまで沈黙を続けていた元唱林であった。

討伐隊中ただひとりの東洋人の表情は、西洋人の胸になお留《とど》まる伝統のように、滑《なめ》らかで涼しげであった。

「師の命《めい》は第三獄囚の抹殺だ。愚痴は精神《こころ》も魔術も脆弱化《ぜいじゃくか》させる。人前では二度とやらんでもらいたい」

「わかった」

こう言ってそっぽを向いたシュワルツヴァルトを、昔は、という哀しげな眼で眺め、ミーシャは溜《ため》息《いき》をひとつついた。

「『シ』の他に何人いるのかしらね。それともひとりきり？　それだって正直、今の私たちには荷が重すぎる敵よ。ドクター・メフィスト、おまえが加わってくれるのなら、どんな礼でもしたいけど、〝見習い〟フランツに関しては、私たちではどうにもなりはしない」

ミーシャは息を引いた。白い医師の美貌《びぼう》が、一度きりゆっくりと左右に振られたのだ。

「非常手段がひとつあります。〝銀水《ぎんすい》へのサイン〟」

「おい⁉」

愕然《がくぜん》とシュワルツヴァルトがふり返り、後の三人も眼を剝《む》いた。

「こんなときに——何を言ってるかわかっているのか？」

「〝銀水へのサイン〟は、師の命令を覆《くつがえ》すただひとつの方法だが、代償はサインした者たちの魔術ランクの一階梯《かいてい》分降格だ。今のおれたちには、死ねというのと同じだ」

「師の下《もと》を離れたときのあなたなら、決してそうは言わなかったでしょう。また、それ以後も怠《おこた》らず、魔道の修業に身を尽くしていれば、同じく」

沈黙が陽光を死国からの光に変えた。

「みなさんの身はこのメフィストがお守りいたします。それで、サインを願いたい」

「よっぽど、あの坊やが気に入ったのね。おまえの性癖は生まれつきらしいけど、運命を狂わせない程度にしておきなさいな。ところで、おまえの保護があるんなら、あたしはサインに賛成だけど」

鋭い眼差《まなざ》しが残る三人の顔を貫《つらぬ》いた。

「わしもだ」

と、ゾルタン・バイユが、あっさり片手を上げた。

「この場合、やむを得ませんな」

元唱林も同意した。

視線を注《そそ》がれる相手は、ひとりになった。

「よかろう」

うなずくシュワルツヴァルトの周囲で、三人の同志の眼に安堵《あんど》と——絶望の色が浮かんだ。

「ただし、おまえの保護は断わる」

三人が顔を見合わせ、さすがに驚いたのか、メフィストまでが、ほおと唇を動かした。

「おまえの言《い》うとおりだ。昔の我々なら、進んで〝見習い〟などの参加取り消しを師に申し出ただろう。それで敗れるなら、喜んで死を迎えたに違いない。今のような様《ざま》になるには、魔道の技を学ぶ十分の一の時間で事足りた。おれたちはおれたちの力で戦い身を守る。ファウスト学舎の誇りを守るには、それしかあるまい。おれたちが斃《たお》されたら、そのときが、ドクター・メフィストの出番だ。どうだ？」

彼は三人の仲間を見つめた。

「現実的じゃないけど――そう言やそうよね」

ドクトル・ミーシャ・バイヤンが肩をすくめた。

「後のフォローなど不必要だぞ、メフィスト」

ドクトル・ゾルタン・バイユが苦笑を送った。

ドクトル・元唱林は無言でうなずいただけだった。

「心から感謝いたします」

メフィストは片手を胸に当てて、恭《うやうや》しく一礼した。

午後の光がその横顔を照らした。この上なく神々《こうごう》しく、この上なく冷たく。

患者の遺言を叶《かな》えようとするのは、医師の務めであろうが、そのために先輩たちの生命《いのち》まで犠牲にし、頭ひとつ下げるだけで悪びれもしない――医師の所業ではあり得まい。

「銀水はここに」

メフィストのケープを割って、銀のかがやきを放つ水筒を持つ白い手が現われた。

栓《せん》を抜き、彼は中身をテーブルの上に撒《ま》いた。

テーブルの表面を銀色に変えた液体は、縁からはみ出すように見えながら一滴もこぼれず、五人の顔を映《うつ》した。

「おれから」

ドクトル・シュワルツヴァルトが右手の人さし指を立てて、その表面に名前を書き込んだ。

それは液体よりもまばゆい筆跡を残した。

続いてシュワルツヴァルトは口を開き、思いきり息を吸い込んだ。〝銀水のサイン〟は、水面《みなも》に映る彼の口に吸い込まれた。

「感謝いたします」

とメフィストが言った。

「では」

ドクトル・ミーシャ・バイヤンが二番手を宣言した。

ドクトル・ゾルタン・バイコが続き、ドクトル・元唱林がしんがりを務めた。

東洋人の指先が銀の水に触れたとき、

「待ってください！」

戸口から体当たりするような格好で飛び込んできた若者は、必死でつんのめる身体《からだ》に制動をかけるや、もう一度ダッシュをかけて、ドクトル・元と机の間に立ちふさがった。

「すみません、ドクター、話は隣《となり》で聞きました。ドクターとドクトル・ランダースのお心遣いには感謝しますが、僕は戦いから逃げる気はありません」

決死隊のような形相《ぎょうそう》を、一同は無言で見つめた。

「そんなに頑張らなくてもいいのよ。これは私たちが決めたことで、あなたには受け取る権利があるの」

苦笑するミーシャへ、

「いいえ、お断わりします。まして、僕のために皆さんを危険にさらすなんて真似は、死んでもできません」

「粋《いき》がるな」

とドクトル・バイコが言った。

「見習いが今度の戦いに加わっても、無駄死にするだけだ。正直、師の選択には疑問を感じておる。おまえが脱《ぬ》けたって、誰も責めたり侮《あなど》ったりはせん」

「僕が責めます」

フランツは燃える眼で一同を見据《みす》えた。

「皆さんのお心遣いを受けて国へ帰り、どんな人生を送っても、僕は一生、自分を軽蔑《けいべつ》しなくてはなりません。家業のケーキ屋で生クリームをかき廻《まわ》しながら、平和だなあと、だらしなく考える人間になるくらいなら、死んだほうがましです。自分は果報者だと胸の裡《うち》で唱《とな》えながら、魔術の修業に精進できるとお思いですか？」

「ドクトル・ランダースに何と言うつもりだね？」

メフィストの問いに、若者は眼を閉じたが、俯《うつむ》きはしなかった。

「申し訳ありません、と――死の国で」

彼は唇を固く結んだ。揺れる肩が、その決意にドクトル・ランダースの思いと若者の葛藤《かっとう》が含まれていることを示していた。

長い沈黙が下りた。

けだるい光の中で、ドクトル・シュワルツヴァルトの声が、

「すべて最初からなかった、と思うしかあるまい。どうだ、メフィスト」

「やむを得ませんな」

失望とも満足とも別次元の、ひたすら美しい声であった。

「ひとつ訊きたいことがあるんだけど」

とドクトル・バイヤンがフランツを見つめた。姉と弟ほどの歳《とし》の差と映るが、美しい姉の年齢は謎だ。

「はい」

「この部屋のやりとりをどうやって聞いたの？　見習いの透視術では、私がこしらえた〝闇壁〟は破れないはずだわ」

「もうひとつ」

と切り出したのは、シュワルツヴァルトだった。

「どうやってここへ入った？」

〝見習い〟魔道士はあっさりと、大先輩の構成した障壁《バリヤー》を通過してきたのだった。

「それは――」

若者は口ごもった。

「その――工夫したんです」

「工夫」

ドクトル・バイヤンとドクトル・バイユが同時にリフレインしたが、これは驚きの表現ではなく確認だ。魔術を学ぶためのカリキュラムは、歴史の育《はぐく》んできた習得可能な分があるが、その先に待つのは

平凡な魔道士としての生活だ。そして、いつか身もこころも、平穏で怠惰な日常に溶け込んでしまう。それを防ぎ、宇宙的規模の魔術を体得するために、学徒たちは「工夫」を凝《こ》らす。凝らさねばならない。これをやり抜いた者だけが、大魔道士の山脈に、ピッケルを打ち込むことが許されるのだった。

「工夫か――なるほどな」

シュワルツヴァルトがうなずいた。

「師はやはりいい弟子を持っているようだ。だが、これは討伐チームのトップとして命じる。おまえの身はドクター・メフィストに預けよう」

「でも――」

「頼んだぞ、メフィスト、少なくとも我々といるよりは安全だと保証してやってくれ」

「承知いたしました」

こうなっては、見習いの身分がすべてを決めるしかない。フランツは、メフィストに頭を下げ、

「よろしくご指導ください」

と言った。心底からの言葉であった。

二人が出ていくと、シュワルツヴァルトはミーシャを呼び止め、

「我々の〝闇壁〟――見習いの工夫で何とかなる代物と思うか？」

待ってましたというタイミングで、かぶりが振られた。

ドクトル・バイヤンは肩をすくめて、

「私、死にたくなったわ」

「師のお考えは、やはり宇宙の深淵《しんえん》ほども深いようだ」

四対の眼が二人の背に注がれたが、それを受け止めるのはドアであった。

2

ホテルを出るとすぐ、メフィストはリムジンの運

転手に、

「トンブ・ヌーレンブルクの家を」

と告げた。

フランツは眼をかがやかせた。

「チェコ第一の女魔道士――亡くなられたと聞いていましたが、あの方はご存命だったのですね」

「勘違いだ」

メフィストはにべもない返事をした。

「は？」

「君の頭にあるのは姉上――ガレーン・ヌーレンブルクの名だ。トンブは妹だ」

「え？」

若者の表情が固くなった。でぶ魔道士の悪評は、かなり広まっているらしい。

「失礼ですが、なぜ、あのような方のところへ？」

「君を生き延びさせるためだ」

「よくわかりませんが」

「駆け足になるが、少し特訓を受けたまえ」

「え？」

「君の実力――おそらくは、私の想像を超えているが、それでも今度の敵相手では心もとないのでな」

「でも、それじゃあ時間が――失礼ですが、僕を今度の件から引き離す陰謀では？」

これに対するメフィストの返事は、〝見習い〟の骨まで凍らせた。

「君はドクトル・ランダースの心遣いを無にした時点で、私からの保護も失った。これは純粋に任務を遂行させるための行為にすぎん」

「わかりました」

フランツがもじもじと答えたのは、凍った血が少しあたたまってからだ。

リムジンは、二〇分足らずで、〈高田馬場《たかだのばば》・魔法街〉に着いた。

午後の陽《ひ》ざしの中に、お伽話《とぎばなし》に出てくるような色とりどりの家は、思い思いの色彩《いろ》の煙を上げていた。人の往来はある。軒先《のきさき》を黒猫が渡ってもいく。

話し声も笑い声も耳を打つ。

　それなのに、何ひとつ生きてあるものの気配がしない。

「幻ですね」

　とフランツが通りを見廻して言った。それからどこか侘《わび》しげに、

「ひょっとしたら、この世の万象《ばんしょう》がそうなのかもしれません」

「どうしてそう思う？」

「わかりません。魔術を学んでいるうちに芽生《めば》えた考えです。お忘れください」

　メフィストは無言で先に立って道を歩き、ヌーレンブルク宅の呼び鈴を鳴らした。

「これは、ドクター・メフィスト」

　どこからともなく、愛くるしい声が応じた。

　いつもの問答もなく、二人は家に招じ入れられた。

　ドアを開けたのは、紫色のサテン・ドレスに身を包んだ少女であった。

　ちら、とフランツを見て、

「トンブ様はいま外出中ですが、奥にいらっしゃいます」

「ほお」

　メフィストの無表情な顔と眼は、しかし、また何かやらかしたなと言っている。

「今、ご来訪を伝えてまいります。お飲みものは？」

「私は結構」

「僕はホット・ココアを」

「承知いたしました」

　少女は身を翻《ひるがえ》して廊下の奥へ消え、五分とかけずに戻ってきた。

「あと一時間ほどでほとぼりがお冷めになるそうです。お待ちになりますか？」

　そうさせてもらおう、とメフィストが応じ、人形娘はキッチンへ入った。

　フランツが身を寄せて、

「あの娘——人形ですね」

「姉がこしらえた傑作だ」

「やはり——さすがです」

「気に入ったかね？」

「いえ。この件に関与するまで、〝魂含《たまふく》みの術〟を修得中でした」

　無機物に生命《いのち》を吹き込む超Ａ難度の技である。木片、石塊《いしくれ》——人形もその中に入る。ただし、見習いの身で可能な術では絶対にない。

　ドクトル・ファウストの魔術体系は、その修業に対し、厳密にカリキュラムが組まれており、厳定された階梯に達しない限り、上級の魔術を学ぶことは不可能なのである。

　思念で木の葉を動かせても、岩を同じ目に遭《あ》わせなくては、物体透過術を学ぶことはできないのだ。

　それを、この若者は可能にしようとしていた。

　人形娘が飲みものを運んできた。

　フランツの前に香ばしい湯気の立つカップを置いたとき、いきなりドアが乱打された。

　人形娘が近づき、右横に掛けてある丸鏡を覗《のぞ》き込んだ。ひと目で筋者《すじもの》と知れる屈強で凶暴な顔立ちの男が四人、代わる代わるドアを殴《なぐ》り、蹴《け》りつけている。

「どちら様でしょう？」

　男たちは驚いたように眼を宙に泳がせ、それからにやりと顔を見合わせた。

「大東《だいとう》金融のもんだ。支払い期日を四日も過ぎてるのに、おたくのご主人が逃げ隠ればかりしてるもんでな。こうやって出向いたのさ。ガソリン代だって只《ただ》じゃねえんだぜ。でぶはいるんだろ、でぶは？　さっさと出しな。バラして肉屋に売るたあ言わねえ。だが、借りたものを返さずに世の中渡ろうってつもりなら、今これから火ィ点《つ》けてやるぜ」

「わかりました。今、ドアを開けますわ」

「おお、いい娘だ」

　男たちは声をひそめて笑った。トンズラしたでぶ女がいなくても、風呂へ売り飛ばす上玉は確保できたのだ。

少し前に連帯保証人なしという条件で、トイチ（一〇日に一割の利子を取る）どころかゴイチで貸した五〇万が、今では百倍に膨れ上がり、借り主のでぶは当然逃げた。身分証明書は、彼らの鑑定センサーでも見破れなかった精巧な偽物で、住所も出鱈目《でたらめ》だったが、姿形だけはごまかしようもなく、やっと本物の住所を探り当てたのが今日だったのである。

声の相手には、肉屋へ売るつもりはないと言明したものの、彼らはその気でいた。脂肪《あぶら》身の多そうな肉には大して期待もしていなかったが、内臓なら多少脂肪付きでも、闇の病院やおかしな新興宗教団体に高く売れる。

ドアの向こうに立つ美少女を連想して、男たちは涎《よだれ》を流すところだった。

「どーもです」

鮮やかな日本語で挨拶するドイツの若者を見た途端、彼らの夢はついえた。

代わりに、暗い怒りが一気に頭頂まで昇りつめた。

「何だ、てめえは!?」

「声色《こわいろ》でも使いやがったのか？」

喚《わめ》き散らしたものの、ここが〈魔法街〉だというのはわかっている。トンブについては女魔道士とあるだけで、借金の額からして、見てくれの百分の一の実力もないヘタレとしか思えなかった。

それでも、魔道士には違いないという思いが、男たちの必要以上に荒い口調になった。

「いいえ、僕はフランツと申します。声の主は別人です」

「だったら、その女を出せや」

男たちは凄みを利《き》かせた。対魔術用の護符や聖水は用意してきている。やくざが聖具というのもおかしな話だが、状況からすれば致し方あるまい。

「てめえも魔法使いの見習いか？　日本のやくざを

舐《な》めんじゃねえぞ」

「さあ、どきな、留学生のお兄さん。おめえら用の道具も用意してあるんだ。痛い目を見るぜ」

「御用を伺います」

「この野郎」

低く呻《うめ》いて、男のひとりが右手をダウンのポケットに入れた。

取り出した緑色の小瓶《こびん》のコルク栓《せん》を口で抜き、彼はフランツ目がけて思いきり振った。

飛び散ったのはただの水に見えた。

「ん？」

男は毛虫のような眉《まゆ》を寄せた。

「聖水ですね。残念ながら、僕は黒魔術を使いませんし
その足下へ、一匹の青蛇が放られた。

放った男は、即席なりに魔術をかじったことがあった。小さく増幅の呪文を口ずさむと、敷地一帯が蛇と化した。

赤い眼をきらめかせ、ざわざわとフランツ目がけて波のごとく進んでくる蛇群の光景は、これが白昼にあってよい世界かと思わせる不気味さに満ちていた。やくざたちまで硬直したのである。

「どうだ、一〇〇万匹の毒持ちだぜ。女を連れてこい」

勝ち誇った男の声に、フランツがにっと笑った。

彼はふり向いて、家の板壁からおかしなものを引き剝がした。長さ一五センチほどの百足《むかで》であった。

フランツは大きくそれを振りかぶると、手裏剣《しゅりけん》打ちの達人のように、男の足下に投げた。

次の瞬間、波のようなものが地面を逆に――やくざたちの方へ押し寄せた。忽然《こつぜん》と蛇群は消滅し、やくざたちは平凡な地面の上に立っていた。

即席の魔道士が足下へ眼をやり、あっと呻いた。

そこには頭部を一本の古釘《ふるくぎ》に粉砕された毒蛇が、断末魔の痙攣《けいれん》に襲われていたのである。古釘は板壁から半《なか》ば突き出していた品であった。

「て、てめえ」

「ふざけやがって」

やくざたちの右手が上衣の内側へ走った。物理的次元の武器——拳銃と匕首《あいくち》を抜いたのである。手応えがおかしい。拳《こぶし》の中でぐにゃりと動いた。

中身を確認した瞬間、やくざたちは絶叫を放って手を振った。その手首から首へと巻きついたのは、さっきの蛇たちであった。

「毒蛇でしたね」

フランツはにこやかに笑いかけた。

「トンプさんが何を借りたか存じませんが、生命と引き換えにはならないと思います。大人しく証文を出してもらえませんか？」

「ば、馬鹿ぬかせ！」

と喚いたひとりの口腔《こうこう》へ蛇が飛び込んだ。

白眼を剝いてのけぞる男に、兄貴分らしいひとりが、

「わかった。証文は事務所だ。すぐに持ってこさせる」

「携帯でそう命じてください。細工はしないように。その蛇は、届いた証文をこちらで本物と確認したら、いなくなります。さようなら」

白ちゃけた顔で、首に蛇を巻きつけたままのやくざたちがいなくなると、フランツはのんびりと居間へ戻った。

突然、彼は飛びのいた。途方もないサイズの塊《かたまり》が飛んできたからだ。

「わわっ⁉」

床上の石炭入れに足を取られて引っくり返ったフランツの頭上で、塊はみるみる丸太のようなソーセージを二本生やし、それを熊でもハグするみたいにぶつけ合った。この世で最も不快な音がした。

「なぜ逃げるのさ？」

チェコ訛《なま》りの日本語でこう言ったのは、ガスタンクに黒い布を被《かぶ》せて手足を付けたようなでぶであった。

呆然と返事もできないフランツへ、

「ハイエナどもを追い返してくれたお礼をしたいだけだわさ」

とガスタンクがタラコ状の唇を突き出し、人語を話し、

「この家のご主人――トンブ・ヌーレンブルク殿だ」

とメフィストが紹介しても、フランツは、

「あ、あ、あ、あ、あ」

しか言えなかった。

3

メフィストが理由を言わず、目的のみ、魔術のパワー・アップと伝えると、チェコ第一の女魔道士は一も二もなく承諾した。

「鍛《きた》え甲斐《がい》があるね。で、期間は？」

「宿泊込みで一週間」

「それだけじゃ――」

「それだけで実力を倍にしてほしい」

トンブはじっと白い医師の美貌を見つめた。その身体が、不気味に左右に揺れはじめた。

フランツの全身に緊張が走る。

それまで暖炉のそばで編物をしていた人形娘が走り寄り、トンブの顔を覗き込んで、

「トンブ様――ドクターの顔を正面から見てはならないとご自分で――」

どうやら失神しかけたらしい。

不安そうに自分を見るフランツへ白い医師は、

「玉に瑕《きず》という言葉を知っているな？」

「はい」

「魔術に関しては、信頼に値《あたい》する御仁だ」

「はい」

「請求書は私に廻してくれ」

メフィストは、人形娘に水を飲まされ、ようやく復活したトンブへ話しかけた。

「修業は厳しいよ」

トンブ・ヌーレンブルクは、もごもごと宣言した。瞳は虹色《にじいろ》であった。

天窓の方で、このとき、固いものがガラスを叩く音が美しく鳴った。人形娘が移動し、真鍮《しんちゅう》の釣棒《つりぼう》で窓を押し開けると、黒い影が羽搏《はばた》きを奏《かな》でながら舞い下りて、暖炉横の止まり木に爪をかけて止まった。

大鴉《おおがらす》、と見てフランツが微笑した。

「これはこれは——久しぶりに礼儀を心得ている客に出会えたわい」

渋い男の声である。鴉が口を利《き》いたと驚く者はこの場にいない。

「ひと飛びしてきたが、いや、これまでより、随分《ずいぶん》と険呑《けんのん》な空気が〈新宿〉を包んでおる。これはまた近いうちに何か起きるぞ」

誰にともなく言い放ってから、フランツへガラス玉のような眼を向けて、

「ほお、魔法使い見習いらしいのに、おかしな色も匂いもせん。近頃珍しい傑物だ。ファウスト博士の後継ぎになるかも知れんぞ」

「師をご存じで？」

「いや、全然」

「この役立たず」

トンブの罵声《ばせい》とともに、ピンクのクッションが飛んできて、大鴉を止まり木から打ち落とした。

「何をする？」

床上でバタつく鳥を見下ろし、フランツが眉をひそめた。鈍《にぶ》い奴めと思っているのは一発でわかる。

「その空気の出どころを摑んどいでと放したのに、いいい、包んでおるてなどういう回答だい？　しかも、一時間近くも遅れたよ。今度言われたことができなかったら、その場で焼き鳥屋に売り飛ばすからね」

「トンブ様」

人形娘が強い口調で言った。たしなめたのである。人を人とも思わぬ暴言でぶも、唯一、姉に仕え

ていたこの人造娘には弱いらしく、苦い顔でそっぽを向いた。

「ふん」

と捨て台詞《ぜりふ》とともに止まり木へ戻ったのは、大鴉であった。

「このわしが、言われた任務を果たさなかったことがあるか。少し遅れはしたが、新しい妖気の源、確かに探知したぞ」

「え？」

トンブは椅子《いす》から立ち上がった。

「おまえの探し求めている場所は――」

と大鴉が言いかけるのを、ちょい待ちと止め、

「お客の前だ、奥で聞くよ」

転がったほうが早い、と満場一致で可決されそうな足取りで、廊下の方へ歩きだした。

大きく羽搏いて、大鴉が追う。

二人の姿が闇に溶けるとすぐ、

「ドクター、今の話は――」

とフランツが身を乗り出してきた。蒼《あお》い瞳に闘志と興奮が渦を巻いている。

「間違いない。我々が探《さが》している住所だ」

「待ちましょう」

フランツは勢いよく椅子の背にもたれた。

かたわらに人形娘が立った。

「お代わりを」

「いや、もう。ありがとう」

と応じてから、

「君――幾《いく》つ」

と訊いた。

「製造年月日でしょうか？」

「――まあ、そうだね」

人形娘が答えた。

聞き終えて、フランツは、ありがとうと言った。

それから、メノィストに向かって、

「ドクター、ここではお世話になれません」

「え？」

と声を出したのは人形娘である。

「私が——何か?」

メフィストも深い瞳に若者を映して、

「やくざが来たとき、君はこの娘《こ》の代わりを買って出た。単なる侠気《おとこぎ》ではなかったらしいな」

「申し訳ありません、ドクター。僕は今の自分だけで、第三獄囚と戦います」

「意志を曲げろとは言わん。だが、無駄死にになるぞ」

「——悲しむ相手はおりません」

「ふむ」

メフィストの次の言葉で結論は出るはずであった。だが、そうはならなかった。

廊下の奥で何かが光った。

「伏せろ!」

メフィストの叫びに、コンマ一秒とかけずに応じたのは、若い二人がどちらも人外の存在に近かったからだ。


爆発の衝撃波は後からやって来た。それは廊下の入口で撥《は》ね返り、見えない壁を破ろうと渦巻いた。

いつの間にか入口へ移動していたメフィストが、手の平を前に右手を上げているのを、フランツは見た。その手が下りると、狂気のエネルギー流は跡形《あとかた》もなかった。白い医師の前では、いかなる類《たぐい》の凶気も治療されるのかも知れなかった。

「凄い」

「重い」

最初の声は呆然とするフランツの声であり、次の声はその下敷になった人形娘のものであった。

「失礼」

あわてて起き上がったところへ、

「庇《かば》ってくれたんですね」

とこちらも立ち上がりながら、前とは別の口調であった。

「いや」

と答えたのは、廊下へ消えたメフィストの後を追って、小走りに進みだしてからだ。

破壊地点は一〇メートルほど進んだ左の部屋であった。

妖気が吹きつけてくる。戦闘準備を整えて飛び込んだフランツは、床上に大の字になった黒焦げのでぶを見て、吐き気を催《もよお》した。

腹と胸には炎が燃え、黒煙が天井へゆらゆらと重く伸びている。書斎らしい佇《たたず》まいは滅茶苦茶《めちゃくちゃ》だが、窓のない壁は無傷で、天井にも異常はない。ご近所対策は万全か、とフランツはおかしなことを考えた。

メフィストは黒焦げの遺体のかたわらに屈《かが》み込んでいる。

「ドクター?」

と声をかけて、フランツは後を呑《の》み込んだ。

入ったときから、妖気の発源点は右方と判明していた。メフィストの上半身はそちらを向いているのだった。

今どきこんなものが、と思わせる一四インチ・ブラウン管式テレビ――その無惨につぶれた上に、黒い影が妖々と止まっていた。あの大鴉であった。

「おまえの仕業《しわざ》か――名乗れ」

メフィストの声に含まれる殺気に、フランツは血も凍る戦慄《せんりつ》を感じた。〈魔界医師〉と呼ばれる男は大鴉の正体を見抜けなかったのだ。

大鴉は羽搏きをひとつした。地上二メートルばかりにふらりと上昇したその身体が、突如痙攣して止まり木に戻った。

黒い鳥と白い医師をつなぐものは何も見えなかった。

メフィストは右手を自然に垂らしたまま左手を上げた。そこから銀色のすじがせり出して空中を渡り、飛び上がろうと焦《あせ》る大鴉の首に巻きついたのである。首が半分にしぼられた瞬間、大鴉は苦鳴を放った。

「それは私の針金だ」

とメフィストは言った。沈黙の聖夜に響く聖者の声のようであった。

「だから、苦鳴が上げられる。だが、これはどうだ？」

フランツの眼が剝き出された。大鴉が硬直したのである。それが声の立てられない地獄の苦痛のせいなのはわかっても、それを惹起《じやつき》する原因は彼の魔法眼にも不明だった。

「私の友人からその使用法とももども譲り受けたものだ。千分の一ミクロンのチタンの糸は、本来、存在しないのと同じだ。質量が限りなく0《ゼロ》に近い物質には、どのような力も伝導は不可能になる。私と私の友人のみが、それを真に操《あやつ》り得るのだ。こうなるまでに、私でも半年を要した。動けるか？」

大鴉は動かない。

この人は本当に医者か、とフランツは疑問を抱いた。

「名乗れ」

声と同時に糸でもゆるめたのか、身体が一瞬、震えた後で、大鴉はこう答えた。

「第三獄囚……二号……ジャギュア」

途切れ途切れの上に、蚊の鳴くような古代ゲルマン語であった。ドクター・メフィストにも正体を悟られず、魔道士の家に侵入してのけた魔術使いが、不可視の武器に緊縛されたとはいえ、物理的な力に対し為《な》す術《すべ》もなく苦痛に悶《もだ》えているとは思えない。

二条の糸を通して伝わる〈魔界医師〉の妖気の為せる業《わざ》だろう。

「二号と言ったたな。他に何人いる？」

「……あ……と……ふ……た……り……」

「計三人か——どこにいる？」

「…………」

「大鴉は霊物質《エクトプラズム》でこしらえた偽物だ。だが、それを通じてものを見、ものに触れている限り、おまえもまた物理的次元の法則に従わねばならん。そして、私の糸は、大鴉からの離脱を許さん。答えず、残り二人にするか？　だが、それは不可能だ」

　メフィストは話しているだけだ。指一本動かしてはいない。それなのに、大鴉はまたも痙攣し、また弛緩《しかん》して、こう答えたではないか。

「新宿……プリンス・ホテル……地下……」

「ご苦労」

　とメフィストは言った。自分の責めに嘘《うそ》をつく余裕などないと信じているのか、すぐにこう続けた。

「では、別れを告げたまえ――冥府《めいふ》から」

　彼が何をするつもりだったにせよ、偽の大鴉とそれに化けたジャギュアなる獄囚は間違いなく滅び去っていただろう。

　だが、新たな死が生まれる瞬間、フランツは全身が総毛立つのを知覚した。

　大鴉の身体から、黒い塊が空中に躍《おど》り上がると、大きく翼を広げたのだ。それは、もう一羽の大鴉であった。

　そして、メフィストの手から新たな不可視の糸と針金が投げかけられるのを待たず、力強く羽搏いて一気に天井まで上昇し、すうと通り抜けて消えた。

「残り二人が手を貸したか」

　メフィストの眼の前で、残った大鴉はみるみる溶け崩れて、一塊の塵芥《ちりあくた》と化している。

　彼はふり向いて、

「今の場所を討伐隊に伝えたまえ。今の鴉が戻るまで、獄囚たちはここで起きたことを知ることはできない。隠れ家を知られたことも、だ。急げ。不意を衝《つ》くしか彼らを斃す手段はない」

「はい」

　とうなずき、携帯を取り出そうとして、フランツは背後の人形娘ともどもその場に硬直した。

　ドクター・メフィストの全身を包む白い炎を看破《かんぱ》したのである。

　拉致《らち》した獲物を、いともたやすく奪い去った三人の獄囚たち。彼らに訪れる運命をその炎が伝えてきた。

ドクター・メフィスト――その誇りを傷つけた者に永劫《えいごう》の呪いあれ。
携帯のキイをプッシュし、敵の居場所を伝えたのは、ほとんど無意識の内であった。
その状態でぼんやりと落とした視線の先に、白い娘の顔が彼を見つめていた。
フランツの金縛りを解いたのは、ひたむきなその瞳《め》の涼やかさであった。
すぐ近くで鋼《はがね》のような声が美しく指示した。
「トンブは娘にまかせる。行くぞ」

第三章　砂男《すなおとこ》の眠りを

1

〈新宿通り〉を渡る手前で、四人は足を止めた。

左方には〈大ガード〉、そのやや右方に〈西武《せいぶ》新宿《しんじゅく》線〉連絡の駅ビル「ｐｅｐｅ」の新ビルがそびえ、〈新宿通り〉から枝分かれしたビル前の通りを行けば、目的地〈新宿プリンス・ホテル〉の前に出る。

フランツからの連絡によれば、逃亡した偽の大《おお》鴉《がらす》が到着するまでは約一〇分――メフィストの責めによる後遺症を考慮した時間だ。

彼らは五分でここに着いた。対決の準備を整えてからと考えると、驚くべき速さ《スピード》であった。

「『走行靴』は便利だけど、疲れるわね」

駅ビルの方へ鋭い眼差《まなざ》しを注《そそ》ぎながら、ドクトル・ミーシャ・バイヤンが軽く足踏みをした。

魔術的力学を利用した靴は、その形によらず、凄《すさ》まじい速度での歩行を可能にするが、駆使される筋肉の疲労までは考慮してくれない。その辺は昔の呼び名「魔法の靴」と同じだ。

「〈新宿プリンス・ホテル〉はあれ、ね。〝壁〟はどう？」

結界のことだろう。

「見たところ構築されていないな」

ドクトル・ゾルタン・バイユが、掛けたばかりの真鍮《しんちゅう》の「霊視鏡」を外してうなずいた。

「ただし、ホテルの内側には地下までかなり強力なパワーが漲《みなぎ》っておる。玄関を一歩入った途端にバレてしまうだろう」

「〝中和術〟を使うんじゃなかったの？」

ドクトル・バイヤンの提案は、一同を沈黙に陥《おちい》らせただけだった。

第三獄囚――その凄まじい実力は、二人の仲間を奪われたことで、骨の髄《ずい》まで染《し》みている。彼らの魔術を極限まで駆使しても、正面から渡り合えば、まだ五分《ぶ》と五分。向こうのみ斃《たお》してこちらが生き延びるつもりなら、奇襲をかけるしか手はない。日常で極力使用を控えている「走行靴」や「霊視鏡」を持ち出して、通行人が仰天《ぎょうてん》するのも構わず押し出してきたのもそのせいだ。作戦も一応は立ててある。しかし、いざ実戦となると、こちらが先《せん》を取っても油断ならない敵だという思いが強い。

　特に、こちらの魔術をもって、こちらに痛打を与える〝逆流れ〟の体系を擁《よう》している限り、中途半端な攻撃ではこちらが傷を負うばかりだ。そして、魔術戦の傷とは、即、死を意味する。

「〝中和術〟よりも――外から一気に始末しよう」

　シュワルツヴァルトが決定を下した。

「何を使うの？」

　ドクトル・バイヤンが疑い深そうに訊《き》いた。

「〝砂男《すなおとこ》の眼醒《めざ》め〟だ」

　ドクトル・バイヤンは、ちょっと青ざめ、ドクトル・バイユは、おい、と眉《まゆ》を寄せた。通りかかった若いカップルが、ぎょっと四人を見つめ、大きく身を震わせてから、三、四歩歩いて昏倒《こんとう》した。

　ちょうど〈駅〉の方からやって来た警官が駆け寄り、女のほうを抱き起こして、大丈夫ですか？　と訊きかけ、絶句した。女の身体《からだ》は一万年も氷に浸《つ》かっていたかのように冷えきっていたのだった。

　彼はカップルのやって来た方へ眼をやり、歩道の端に立つ集団を認めた。

「おい、あんたたち」

　呼びかけたとき、右手は腰のマグナム・ガンに掛かっている。話し相手はすべて犯罪者と心得ない限り、この街で警官は勤まらない。

　四人組はマネキンみたいに動かない。

「おい」

　と二歩進んで、警官はその場に蹲《うずくま》った。息が真っ白に凍りつき、吸気とともに極寒の風が内臓に襲いかかる。しゃがみ込んだ制服姿のあちこちに、キラキラと光る珠《たま》が結ばれはじめた。

奇怪な現象に気づいた人々は鼻先をきん、と凍らせる冷気から飛びのくか、そそくさと方向を変えたが、何人かが、〈西武新宿線〉の〈新宿駅ビル〉と、背後の〈新宿プリンス・ホテル〉に異様な現象が発生しているのに気づいた。

近くの連中が眼と鼻を押さえて、そこから走り去ろうとしている。ひとりが車道へ飛び出し、タクシーに跳《は》ね飛ばされてしまった。加害者も被害者も、あっという間に黄色い空気に包まれた。

「砂だ」

と誰かの声が上がった。

「砂が、〈プリンス〉を包んでるんだ。風なんかないのに、どうやって、どこから吹いてきたんだ？こいつぁ、砂嵐だぜ——わわっ、眼が見えねえ」

駅ビルとホテルは黄色い嵐に包まれた。何台もの車と人間が〈新宿通り〉へと飛び出し、他の車輛《しゃりょう》にぶつかって横転し、吹っ飛んだ。

悲鳴とクラクションの絶叫が交響を奏《かな》でた。

「〈プリンス〉が——崩れていく」

「砂になってんだ！」

誰もが、魔法と思ったことだろう。

〈魔震《デビル・クエイク》〉にもよく耐えた二つの建物は、みるみる崩れ、倒壊し、砂煙に包まれて地上から消滅した。

ビルのあった場所は、低いが巨大な砂の山と化していた。

同時に、人々は〈新宿通り〉の〈プリンス〉側にいても吹きつけてきた冷気が、忽然《こつぜん》と消滅したことに気がついた。

それは、呼吸さえしていないように見えた四個の人影が、かすかな動きを示した瞬間であった。

「〝砂男の眼醒め〟完了」

と言ったのは、白蠟《はくろう》のごとき顔色のドクトル・バイヤンであった。その秘術をふるって、ビル二つを砂と変えた美女は、施術中《なか》、凄絶な精神集中によって半ば透明化していたのであった。それをサポートした三人も青ざめ、息は冬山の頂《いただき》にいるがごとく凍りついている。

「反応は？」

シュワルツヴァルトが訊いた。

「全くなしだ」

と元唱林がかぶりを振った。

「効果があったのか、なかったのかもわからん。〝砂男〟の術をかけられれば、みな一瞬のうちに昏睡状態に陥り、砂と化す」

「地下までやったたな、ミーシャ？」

「確かに」

美女はシュワルツヴァルトにうなずいてから、

「呼ぶときはドクトルをつけていただけない？」

「失礼したな、ドクトル。では、確かめに行こう」

四人は身体をこすりながら、〈新宿通り〉を渡りはじめた。遠くから救急車のサイレンが近づいてきた。

ビル前の通りから見上げれば、五メートルほどの砂の山であった。微細な砂粒は、吹きつける風に休みなく舞い上がって、四人の鼻腔に侵入しようと努めた。

まずシュワルツヴァルトが、それからドクトル・バイユ、ドクトル・元、ドクトル・バイヤンの順で砂と化したホテルへと前進した。

突然の怪現象を目撃して駆けつけ、遠巻きにしていた観光客の何人かが、このとき一斉《いっせい》に眼を剝《む》いた。

いたるところからさらさらと黄色いすじが通りへと流れ落ちている、いつ崩れるとも知れぬ砂の山へ、四人の男女が次々と吸い込まれていったのである。入口などどこにもない。かすかな震動でも生じる流砂のひとすじもなく、棒立ちになる観光客を、〈区民〉らしい通行人が、うす笑いを浮かべて眺め、通り過ぎていった。

内部は砂で出来た空洞であった。鼠《ねずみ》一匹通っても崩壊しそうなそこを、四つの影はためらう風もなく進み、地下へと続く階段であったと思われる傾斜を下りた。ひと粒の砂も動かなかった。足音ひとつ残らないのである。

地下一階、二階と下りて、駐車場へ出た。

乗用車の名残《なごり》と思《おぼ》しい砂の山が並んでいる。

「ここか？」

「ここです」

尋ねたのはシュワルツヴァルトで、応じたのはドクトル・バイヤンだ。

「彼ら、部屋を取っていながら、ここに寝泊まりしていました」

「部屋にいたのは幻でしょうな」

元唱林が軽く頬《ほお》を撫《な》でた。

「ここを借りる料金はどうしたのかしら」

あまりにも女らしいドクトル・バイヤンのつぶやきに、ドクトル・バイユが苦笑し、

「現金で買収か？　術にかけたに決まっている」

「薬局業って、人間を観察しなくて済むらしいわね。人心操縦の極意は術ではなくて欲望の充足だと、わからない？」

「おまえ相手に人間観察を云々《うんぬん》しても始まらん」

爛《らん》と眼を光らせる美女の素面《そめん》へ、新たな言葉の平手打ちが飛ぶ前に、

「仲間割れは後だ。成果を確かめろ」

シュワルツヴァルトの叱声《しっせい》が走った。

ドクトル・バイユをにらみつけてから、ドクトル・バイヤンが四方を見廻《みまわ》した。

他の三人も同じだ。敵の位置はここだとドクトル・バイヤンの術が教えたものの、それ以上はおのが眼で確認するにしくはない。

数秒——魔道士たちにはふさわしからぬ肉眼での探査が、駐車場を裸にした。

真っ先に気づいたのは、ドクトル・元唱林であった。

「誰かいるぞ！」

低く告げた声は、さすがに緊張の色に濡《ぬ》れている。

一同の視線が同じ方向に集中した。網膜が結んだ像はただひとつであった。闇に溶けながら、自ら光を放つがごとき白い影——

「ドクター・メフィスト⁉」

声はひとつの名前を永遠に繰《く》り返すかと思われた。

2

四人の胸中を、疾風《はやて》のごとく渡ったものは、このメフィストが本物かどうかという疑念であった。

フランツの連絡は、トンブの家から来た。彼もすぐ駆けつけると言っていたから、同行中のメフィストがここにいても決しておかしくはないが、何より早すぎる。それに、フランツはどこにいる？

したがって、シュワルツヴァルトが、

「ここで何をしている？」

と問いかけたとき、メフィストの名を呼ばなかったのは、至極《しごく》当然の結果であった。

かがやく声が返ってきた。

「ご存じのはずですが」

ミーシャが胸に片手を当てて眼を閉じた。恍惚《こうこつ》としたのである。

その声に。

男たちの雰囲気が、急に波立ったのを見ると、こちらにも波及したらしい。

「どこから入ったね？」

元唱林が周囲を見廻しながら訊いた。こんな状態の建物へ侵入すれば、彼らの超感覚にはその痕跡が否応《いやおう》なしに伝わってくる。それがない。いかに優秀な弟弟子とはいえ、考えられぬことであった。

「諸兄と同じ場所からです。ただし、私は〈高田馬場〉方面から参りました」

いつの間にか、「霊視鏡」を掛けていたミーシャ

がそれを外して、

「メフィストよ」

と保証した。

「派手な技を使われましたな、〝砂男の眼醒め〟とは」

白い医師はゆっくりと視線を左右に往来させた。

「効果はありましたが、逆効果だったかも知れません」

彼が三、四メートル向こうの床上に視線を当てたときには、四人の視線もそこに集中していた。

簡易ベッドと思しい砂山の上に、胸に手を当てた人の姿が、はっきりと残っている。

「二人――全員ですな」

と元唱林が断定する前に、シュワルツヴァルトがそこへ行き、右手のひと振りで、指揮棒そっくりの象牙《ぞうげ》の棒が拳《こぶし》から覗《のぞ》いた。どう見ても一本きりのそれを、もうひと振りすると一メートルばかりに伸びた。

シュワルツヴァルトはそれを砂型の片方の左胸に差し込んだ。

「魔囚一号――シ」

次の瞬間、砂型は音もなくつぶれた。

象牙は二つ目の胸に吸い込まれた。

「魔囚四号――ダキア」

これも砂塵《さじん》と化したとき、

「三号はなし、か」

とゾルタンが疑問符を放った。

それは全員が同時に思い浮かべたことである。

もうひとりいるのではないか。

だが、メフィストは二人と言い、砂型はそれを証明している。

「二号はもはやここへは戻るまい。残る二人は〝砂男〟が斃した。三号がいても、二号もろともいずれ始末してくれる」

ゾルタンは拳を握りしめた。勝利の確信が艶《つや》やかな頬を紅《あか》く染めている。恍惚とした表情を一変させたのは、白い医師であった。

「お二人も同意見ですかな？」

「どういう意味だ？」

　ゾルタンが白髪を震わせた。体内を走る数キロの血管は、怒りの血潮《ちしお》で煮えたぎり、冷静なる認識によって冷却された状態である。いわゆる水を差された。

「私がこの階へ下りたとき、一匹の鼠《ねずみ》が階段の方へと向かっていくのが見えた。ところが、それは私に気づくと足を止め、猛烈なスピードで逆戻りして砂のどこかに消えた。双眸《そうぼう》は紅《あか》く燃えていた。あれは憎悪の色彩《いろ》だ」

「すると――二人のどちらかが鼠に乗り移って？」

「両名かも知れんぞ」

　ミーシャとゾルタンである。後のほうには棘《とげ》がある。ミーシャの眼が血色にかがやいたが、すぐに、

「まさか――〝砂男〟の術から逃れた例はないわ」

　と呻《うめ》くように言った。

「失礼ながら、ドクトル・バイヤンの技倆《ぎりょう》はだいぶ落ちておられる」

　メフィストは丁重《ていちょう》に言った。言ったが、この場合、丁重は火に油を注ぐ結果となった。

「どういう意味よ、メフィスト？　あたしの術が未熟で、鼠に化けた二人を取り逃がしたって？」

「鼠がいること自体が問題です。すべては原初の砂に戻る。それが〝砂男〟の術の存在意義でしょう」

　ぎり、とミーシャが歯をきしらせた。そこへもうひとりが参戦した。

「メフィストの言うとおりだぜ、ドクトル・バイヤン」

　ゾルタンの短い白髪がざわめいた。

「だが、そう心配するなよ、メフィスト、いま燻《いぶ》り出してやるぞ。みんな、まかせてくれるな？」

　一斉にうなずく四人へ、少年の肌を持つ老人は静かにしろと、唇に人さし指を当て、さらに両手をこめかみにあてがって眼を閉じた。

「〝髪電信〟の術だ。おい、間違えるなよ」

迷惑そうに眉を寄せた元唱林の眼前を白いすじが流れた。

それはみるみる数を増し、駐車場の四隅から床上、壁、天井のあちこちへと流れ、突き刺さったのである。

老人の髪の毛とわかっても、それを異常と思う者などいない。奇怪な毛術《もうじゅつ》を黙視する眼差しは真剣であった。

「いない」

毛は引き抜かれ、交錯し、また砂を貫《つらぬ》いた。その動きは、意思を持つもののそれであった。

どこかで苦痛に満ちた低声が上がった。

「やったか⁉」

「仕留めたか⁉」

声へと向けた男女の眼の前を、紅い糸が流れた。

西の隅から伸びた白髪が紅く染まっていくのだ。

いや、彼らにはわかっていた。それはゾルタンの髪の毛の内部《なか》を走る血であった。

「どうだ、ドクトル・バイユ⁉」

シュワルツヴァルトが訊いた。

「違う！」

髪の毛は鞭《むち》のようにしなって、ゾルタンの頭部へ戻った。

「ただの鼠だ。罠《わな》にかかったぞ！」

途端に、凄まじい砂嵐が四方を荒れ狂い、五人を人型の影法師に変えた。

「動くな！　来るぞ！」

シュワルツヴァルトの声に、驚愕《きょうがく》の叫びが重なった。

何かが風を切って走り――短い悲鳴が上がった。

夢から醒めたように砂嵐は熄《や》んだ。

シュワルツヴァルトの顔が素早く角度を変える。

仲間たちの位置を確認したのである。

全員の眼が一点――悲鳴の位置に集中した。

痩《や》せこけた男が突っ伏している。その首すじに、鋭い釘《くぎ》を四方に露出させた武器が食い込んでいた。日本の忍者が使ったマキビシに似ているが、似たような品はヨーロッパ中世の戦《いくさ》にも使われたし、海賊たちの愛用品でもあった。

「誰だ？」

元唱林が両手の平を立てて前方にかざした。結界を張ったのである。

すぐに下ろして、倒れた男の上衣の襟《えり》をずらして首すじを露出させた。肩を摑《つか》んでひっくり返す。

鶴のように細い顔は、死色に塗りつぶされていた。

「第三獄四四号――ダキアだ」

みな、うなずいた。首すじの焼印を見たのである。

「あたしたちの迎撃要員――無駄になったわね」

ミーシャが薄く笑った。

「だといいが」

「どういう意味？」

ミーシャは眼を光らせて、声の主――メフィストをにらみつけた。

「これではあまりに役立たずです」

「当然よ。役目を果たす前にやられてしまったんだから――でも、誰が？」

「彼です」

メフィストはミーシャから眼を離して、戸口を見つめた。

左の奥から人影が現われた。

「フランツか!?」

ゾルタンとシュワルツヴァルトが声を一《いっ》にした。

ミーシャと元唱林は呆気《あっけ》に取られているようだ。

長身の若者は、細長い手足を持てあましているみたいに動かしながら、一同の前に立った。

「もうメフィストの懐刀《ふところがたな》になったようね。おめでとう」

ミーシャが白い歯を見せた。むろん、皮肉だ。

シュワルツヴァルトがメフィストへ非難の眼を向

けて、

「使ってほしくはなかったな」

ちらりと若者をにらんだ。

「戦いに加える以上、中途半端は禁物です」

「ドクトル・ランダースは生命《いのち》懸《が》けで、彼を――」

「重視すべきは彼の意見だと思います」

「子供の保護については、後で話し合おう」

ゾルタンが和平工作に乗り出した。

「とりあえず、ひとりは斃した。残るは二人――その行方《ゆくえ》を捜《さが》すのが先だ」

「今ドクトル・元と走査《スキャン》してみたけど、ここには誰もいないわね。反撃が始まる前に出たほうがよくなくて？」

「引き上げるぞ」

こう言ってから、シュワルツヴァルトはうなずいた。

同じ方向への動きが全員に伝わり――停止した。

唯一の例外が全員の足を止めたのである。


「不満でもあるのか、メフィスト？」

シュワルツヴァルトの問いに、白い医師はひとつ小さくうなずき、

「この男は生命懸けで残ったはずです。何ひとつ果たせず逝ったとは、考えられません」

「――では、何をしたと言うのかね？」

元唱林が訊いた。

「おそらくは――憑依《ひょうい》」

メフィストを除く全員が顔を見合わせた。勝利の翳《かげ》は跡形《あとかた》もない。

「誰によ？」

「ここにいる誰か――に」

メフィストの言葉は、彼を見つめる顔を緊張と驚愕で彩《いろど》った。足首の辺りがちょっとむずむずしたが、気にしている余裕などなかった。

「みな、自分とは言わんだろうな」

シュワルツヴァルトが苦《にが》い声で言った。

「それより、メフィストの言い分はいつも正しいの

か？　証明できるか？」

最後のひとことは、白い医師に向けられたものである。

「残念ながら、推測の域を出ません。勘です」

「メフィストの勘が狂ったことはない」

シュワルツヴァルトの声に、一同はうなずいた。

「ここは全員のチェックを行なうべきだろうな」

「いや。無駄でしょう」

こう断言したのがメフィスト本人だったから、みな不可解な表情になった。

「すでにチェックはさせていただきました。その結果は——どなたも異常なし」

フランツを含めて五人は、ふと足首に眼をやった。何かが離れていったのである。少し前の刺激をみな思い出した。

「どうやってだ。メフィスト？」

ゾルタンの問いに、白い弟弟子は、

「針金で」

と答えた。

3

「異常なしなら問題もなし、なんじゃゃなくて？」

ミーシャが当然の意見を述べた。

「いや、メフィストの勘が残る」

こちらはゾルタンだ。白い医師を見つめて、

「勘は消えたか？」

「残念ながら」

「じゃあ、どうするのよ？　みな共同生活しながら、見張りっこする？」

「最良の手段ですな」

「よしてよ」

ミーシャは不遜《ふそん》な後輩をにらみつけた。からかわれているとしか思えない。

「いや、極めて現実的だ。メフィストの勘が当たっているると仮定すれば、な」

シュワルツヴァルトも認めた。

「あたしはご免よ。ボロ出す前におかしくなっちゃうわ」

「憑依がバレた以上、敵もそう簡単には正体を現わさんだろう。ここは互いに監視するしかあるまい」

シュワルツヴァルトが結論を出した。

そこへ、

「あのお」

おずおずと切り出したのはフランツであった。それでも、誰ひとり、この〝見習い〟が起死回生の策を授けてくれるとは思わず、鬱陶《うっとう》しげな顔を向けただけだったのである。メフィストを除いて。

「実は――僕が考え出した憑依識別法があるんですが」

愕然と大先輩たちは、彼の方を向いた。だが、彼らはメフィストより遅かった。

「ほお」

と洩《も》らしたメフィストのひとことは、彼らの心情の吐露《とろ》でもあった。

いかに優秀とはいえ、彼らにしてみれば、取るに足らぬ〝見習い〟が、大先輩たちの解明し得ぬ謎に光を当てようというのだ。

「本当にできるの？」

ミーシャが疑惑と怒りを隠しもせずに突っかかった。

いつもなら反対するゾルタンも沈黙している。

「自信はあります。ですが――」

「ほら、きた」

女魔道士の蔑《さげす》むような声が、またも一同の心中を代弁した。

「いえ、識別には道具が必要なのです。デパートですぐ手に入るような品で充分。集めてから組み立てるまで五分とかかりません。外へ出て、どこかで待っていてくだされば」

若者は身を乗り出すようにして語りかけた。二秒とかけずに兄弟子たちの顔から、どす黒いものが退《ひ》いていった。若々しい顔から吹きつける無私の情熱が、彼らを打ったのである。

「よかろう」

シュワルツヴァルトが結論した。

「他に手がない以上、おまえにまかせる。だが、忘れるな。そう言うおまえも憑依の対象者のひとりなのだぞ。まして、メフィストの言うとおりに憑依者が存在するものか否《いな》か、それさえ不明なのだ」

「きっと明らかにしてみせます」

若者は力強く胸を叩いた。

それから、激しく咳《せ》き込んだ。叩きすぎであった。

ミーシャが噴《ふ》き出した。

すうっと、光が薄れた。

「まただ！」

声には砂が混じっていた。

「崩れるぞ！　脱出しろ！」

内容に準じた低い叫びであった。


六つの気配が思い思いの方角に散った刹那《せつな》、この世で最も脆《もろ》い王国は、しとやかに崩れ落ちた。

一同が〈靖国通り〉を渡った一点に集合したとき、〈新宿プリンス・ホテル〉の周囲は砂の蹂躙《じゅうりん》にまかされていた。

ホテル前の通りを埋め尽くし、向かいのスナックやラーメン屋、「ローソン」の出入口まで押し寄せた砂の波は五〇名を超える見物人と数台のタクシーを呑《の》み込み、〈靖国通り〉にまでその縁《ふち》を広げつつあった。

「医者として、警察へ連絡しなくてはなりませんぞ、ドクトル・バイヤン」

メフィストはこう言って、横断歩道の方へ歩きはじめた。救助に加わるためである。

「買い物に行きたまえ。集合場所は――」

「なるべく、らしい場所で」

「なら、〈御苑《ぎょえん》〉がよかろう――一時間後に〈中の池〉のほとりで」

弟弟子の決定に、異議を唱《とな》える者は誰もいなかった。

午後遅い疲れたような陽《ひ》ざしの下で、世界有数の魔道士たちは疑惑の霧に包まれていた。

憑依された者がいるのか？

だとしたら、誰だ？

「では――僕は〈伊勢丹《いせたん》〉へ」

フランツが一同を離れた。正しくは〈新・伊勢丹〉だが、ほとんどが旧名で呼ぶ。

若い雄鹿のような長い脚で走り去る若者を見送ってから、四人の魔道士は、品定めするみたいにお互いをねめつけた。まさしく品定め――生命を賭けた死の品定めだ。

「とりあえず、別れるとしよう」

シュワルツヴァルトが宣言した。

「みんな一緒のほうがよくない？　たかだか一時間の我慢よ」

「メフィストかフランツが敵だったらどうする？　まとめて片づけてくれと言ってるようなものだ。もう、我々を監視しているかも知れない」

「賛成だ」

元唱林が右手を選手宣誓みたいに上げた。

「みんなでいるとき、不意討ちを食ったらたまらない。私は失礼する」

「おれもだ」

ゾルタンが後じさった。油断のない眼差しを三人の仲間に注ぎ、

「一時間後に」

と言って背を向けた。

「仕方がないわね。二人とも先に消えて。あと尾《つ》けられちゃ敵《かな》わないわ」

ミーシャの要求は叶《かな》えられた。

全員が視界から消えた後、立ち尽くすミーシャのもとへ、バックスキンのコートを着た老齢の紳士が近づいてきた。

「失礼ですが、お茶などご馳走《ちそう》させてくださいませんかな？」

「いいですとも。でも、それだけ？」

「これはこれは」

ミーシャの妖艶《ようえん》な表情に、媚声《びせい》が加われば、無敵に近い。ここでは、あどけない幼児が死神に変わるという事実を、紳士は忘却した。

「早速、ホテルを予約させましょう」

「失礼ですけど――お金持ち？」

ミーシャは素早く紳士の全身を走査した。

「ホームレスにはならずに済んでおりますな」

「車はお持ちかしら？」

「あちらに」

紳士の顔は、〈靖国通り〉を〈曙橋《あけぼのばし》〉方向へ動いた。

駅からの直通通り――〈モア街〉との交差点近く「マクドナルド」の前に、黒塗りのロールス＝ロイスが停まっている。ホイールを握った人形みたいな運転手も見えた。

「少し遠出がしたいわ。よろしい？」

「喜んで。美しいご婦人とのドライブが老骨の愉《たの》しみでしてな。私、黒木《くろき》と申します」

まずミーシャ、続いて老人が乗り込むや、ロールスは大ガードの方へと走りだした。

スタートしてからしばらくの間、車の切る風には細かい砂粒が、かなりの量混じっていた。


〈新・伊勢丹〉の七階にある工作具売り場で必要な品を整えると、フランツは溜息《ためいき》をついた。

締《し》めて一万四三〇〇円強の出費が痛かったのである。〝見習い〟期間のあいだ、アルバイトはもちろん禁止。より下層レベルの生徒なら、学舎内での魔術道具作りや、毒性植物栽培等で、わずかな収入が得られるが、彼は実家でケーキ職人の、これも見習いで、ささやかな収入を得ているにすぎない。このたびの日本遠征は、本来ボランティアだぞと学舎の経理に文句を言われつつ、これも雀《すずめ》の涙程度の金を貰《もら》った。一円の出費も抑《おさ》えたいのがフランツの本音である。

最後の品を、最初の品を買ったときにくれた手提《てさ》げに収め、フランツはそそくさとエスカレーターへと向かった。

七階といえど客は多い。店員も揃《そろ》っている。

下りエスカレーターが見えてきた。

小走りに走って、フランツは立ちすくんだ。

左側にエスカレーターがあり、前方はさっきまでいた工作具売り場が広がっていた。

誰もいない。

——どころか、薄闇が落ちている。

エスカレーター——停まっていた。

すでに背後の人声や気配も絶えている。

舌打ちしたくなるのを、フランツは抑えつけた。

敵は彼を尾行していたのだ。いや、それは計算の内である。だが、知らぬ間に、張られた結界へ侵入していたとは。

これでは敵の土俵で戦わざるを得ない。初手から指し違えたに等しいミスであった。

デパートの七階は、敵が存分に手を加え、仕掛けを施《ほどこ》した罠だらけの戦場と化した。脱《ぬ》け出るには、結界の製作者を斃す他はない。

フランツはすでに呼吸を整え、数を数えはじめていた。

よっつ、で袖口《そでぐち》に縫《ぬ》い込んである「装甲粉」をそっと引き出し、指で封を切る。ただ切るのではない。爪の先に塗ってある特殊な酸が、これも特殊な薬品を塗った紙袋と反応し、口を溶かすのだ。この方法以外では、どんな力を加えようが火で焼こうが、袋には傷ひとつつかない。万がいち、一般人の手に入ってしまった場合を考えての処理であった。

いつつ。袋を抜き出し、手の中に隠す。ここは敵の眼に留まらぬスピードとタイミングが要求される山場だ。何とかやってのけた——と思う。

ＮＯと言ってもはじまらない。

「こちらへ」

女に従って、若き〝見習い〟魔道士は奥――工作具売り場へ入った。


敵からの攻撃はなかった。

むっつで、右手を持ち上げ、頭から中身を振りかけた。ひと粉の無駄もなく、全身を「装甲粉」が覆《おお》った。

「お客さま」

背後で若い女の声がした。

来たな、と思った。

ふり向いて微笑した。

女店員の肌は蠟細工のように透《す》けて見えた。そのために赤い。血管という血管が、張り巡らされた循環図を再現中なのであった。

女は、それでも美貌《びぼう》の主と知れた。

「何か？」

フランツが訊いた。意外と緊張は少ない。いざとなったら腹が据《す》わるタイプらしい。

「お客さまのために、特別な催しを用意させていただきました。おいでいただけますか？」

「喜んで」

第四章　攻守妖界

1

「これは勘違い」

人はいた。

おびただしい客が。

ただし、誰ひとり動かない。ショー・ケースを覗《のぞ》き込んだ姿勢のまま、マネキンのように身じろぎもしないのだ。

足を止め、

「催しって？」

女店員の背中に訊《き》いた。

「解体ショーでございます」

「へえ」

本気でそのショーを見たがっているような声である。事実、フランツの眼は好奇の光を放っていた。

女が右手を上げた。頬《ほお》に近づけた人さし指には尖《とが》った爪《つめ》が付いていた。

その爪で女は右の頬を軽く掻《か》いたのである。

おびただしい細いすじが、薄闇に紅《あか》い軌跡を描くのをフランツは見た。

それは女の顔を通う血管のすべてを切断した結果であったろう。ひとすじがひとり、フロアの全客の顔にそれは血の網を広げた。

動きが生じた。

客たちが一斉《いっせい》に向きを変え、フランツの方へと歩きだしたのである。

いちばん近い客は、小型のチェーンソーをぶら下げていた。

スターターのワイヤが引かれた。メカが唸《うな》りはじめる。昔と変わらぬガソリン・エンジンのアナクロな響きは、闇と静寂の世界を生々《なまなま》しく切り裂いた。

フランツは身をひねり、そのとき、右手首が女店員に摑《つか》まれ、真横に引かれたのを知った。

「わわ」

もぎ離す暇もなく、一分間に一〇〇〇回転を誇る

鋼鉄の刃は、フランツの肘《ひじ》に接触した。二秒とかからず、右腕は切り離されているはずであった。

だが。

女店員も客も奇現象のひとつに含まれるとすれば、ここにも新たな怪現象が生まれた。

肉を裂き、骨を焼く刃の回転は、皮膚《ひふ》の上で空《むな》しく空回《からまわ》りを続けているのであった。

これぞ「装甲粉」の守り。頭上から振り撒《ま》かれた粉は、まさしく魔法の粉末であったのだ。

万遍《まんべん》なく全身を覆《おお》ったそれは、七二時間に亘《わた》って鋼《はがね》の鎧《よろい》と変わり、現実世界の物理法則に基く、あらゆる攻撃を撥《は》ね返す――というより、観念的に受け付けない。異界の物理法則に従う魔術は、現実にとって夢の世界の技に等しいのだ。現実は夢を侵《おか》すことができない。

「どうです?」

フランツは得意満面の顔で、加害者と女共犯者を見つめた。まだ若い上に、自分の力に圧倒的な自負を抱いている以上、当然の自己顕示といえた。

だが、満面の笑顔は一瞬のうちに崩れ去った。女店員は無表情で腕を引き、電動男も一心不乱に切断作業を続行中である。彼らには人間の感情が伴《ともな》っていないのだ。

「世渡りが下手そう」

フランツは失望を怒りに変えた。思いきり腕をもぎ離すと同時に、電動男の顔面にパンチを入れ、よろめくところへ、鳩尾《みぞおち》を蹴《け》り飛ばす。

男は三メートルも吹っ飛んで、ショー・ケースにぶつかって止まった。

客たちが迫ってきた。フランツはエスカレーターへと走った。相手は魔術にかかった生身の人間だ。殺すわけにはいかない――というのは、この若者の優しさだ。ミーシャなど、泊まり客もスタッフも無視して、〈新宿プリンス・ホテル〉を砂と変えてしまったのだ。

半《なか》ばまで駆け下りたとき、下の階に警備員が二人現われて、フランツを見上げた。

〈新宿〉の警備員は拳銃を所持している。いきなり抜いて射《う》った。

「とととととと」

顔と胸をカバーした両腕に銃弾が命中するや、奇妙な現象が生じた。弾丸が落ちずに、その位置で回転を続けているのである。

命中と同時に前進エネルギーを標的に叩きつけ、停止してしまうのは、現実の物理現象だ。魔術と遭遇した現実は、相手を知ることもできず、なおも前進を維持しようと努めているのだった。

フランツは右手の人さし指を警備員たちに向けた。

指先に描かれている眼は、いわゆる「邪眼」であった。

それがまばたきすると同時に、警備員たちは失神状態で崩れ落ちた。

下の階まで下りたとき、

「やるな」

低い声が渡った。ここもまた、薄闇と静寂の世界である。

「討手《うって》にしては若すぎる。腕の程はと思ったが、こうもあっさり切り抜けるとは思わなかったぞ」

老年に近いのに、むしろ清々《すがすが》しい声を、フランツは心地《ここち》よく聞いた。聞きながら気を引き締《し》めた。相手は、ファウストの高弟二人をあっさりと片づけた魔人たちのひとりなのだ。

「僕はフランツといいます。お名前は？」

丁寧な物言いは、ファウスト学舎のルールではなく、相手の実力に対する畏怖《いふ》が命じたものだ。

「第三獄囚三号――」

「え？」

「――ジギロだ」

「やっぱり――いたんだ。憑依《ひょうい》したのもあなたですか？」

「さてな」

と声は意味ありげに拒否して、

「おれは他の三人とは肌が合わん。あいつらのやることにも興味はない。脱走するというから付き合っただけだが、これは面白い小僧を見つけた。暇つぶしになりそうだ」

「あなた――というか、他の三人の方の目的は何なのです？」

「興味がない。おれは――そうだな、腕試しか」

これは厄介《やっかい》な、とフランツは胸の中でごちた。

戦うために生きている魔道士――これくらい厄介な生きものはあるまい。海中の殺人鬼――食らうために生まれてきた鮫《さめ》のような存在だ。

「さて、子供騙《だま》しは効《き》かんとわかった。気の毒に、そうでなければ、あっさり始末してやったものを。小僧、準備はいいか？」

「はい」

自分の落ち着いた返事にフランツは驚いた。ここ一番で胆《きも》が据《す》わるのは毎度のことだが、こんな相手にも平気とは。

相手もそうだったらしく、

「――怯《おび》えておらんな。ふむ、小僧、名字は何という？」

「ベルゲナーです」

「ふむ」

と唸《うな》ったきりで、声はすぐ、

「では始めるか――次に会うのは冥府だぞ」

「そのとおり！」

叫びざま、フランツの右手が躍《おど》った。

どこからともなく、おっ!? という声が上がり、それきり静寂が戻った。

「駄目か」

こうつぶやいたとき、左手の奥の方から、床を踏む靴音が近づいてきた。

薄闇を透かして見える人影は、燕尾服《えんびふく》をまとっていた。

客か？ と思ったが、三メートルほど手前で止まったのは、中年の顔を持ったマネキンであった。
ぎくしゃくとその右手が動いた。拳《こぶし》を握ってい
る。フランツに突き出し、指を開いた。
　固い音が床に散らばった。
形を保ったままの弾頭《ラウンド・ノーズ》は、フランツが主なき
声めがけて投げつけた警備員たちの弾丸であった。
「わざわざどうも」
とフランツはつぶやいた。これくらいで驚いては
いられない。
　まず、敵の居場所を突き止める——これしかな
い。
「ここだ」
　いきなりきた。
　愕然《がくぜん》とふり向いた。
　眼の前に移動用の姿見《すがたみ》が立っていた。
　そこに男がひとり映《うつ》っている。
　安物の革《かわ》のコートにグレーのタートル・セータ
ー、ジーンズもよれよれだ。

　それを見取った刹那《せつな》、フランツは凄《すさ》まじい後悔を
覚えつつ両眼を閉じていた。魔術戦において鏡は最
も注意すべき武器であるからだ。すべて逆という別
世界を、この世に何ら危機感を抱かせず生じさせる
鏡の前で、人はたやすく無防備の自分をさらす。
「おれを見たな」
　固く閉じた瞼《まぶた》の裏で男は声もなく白い歯を見せ
た。
「鏡はおまえを映す。それがおれであった以上、お
まえはおれだ。見ろ、ここに『鏡心体《きょうしんたい》』が完成し
たぞ」
　その術の名はフランツの記憶にあった。彼は眼を
開き、鏡面に映る男を見た。それはフランツ自身で
あった。
「しまった!?」
　愕然と鏡面へ駆け寄って、拳を叩きつけた。鏡は
割れなかった。
　代わりに、こちらへ、拳を突き出した自分がにっと

笑ったのである。

フランツは動かないのに、そいつは数歩後じさった。その後ろに客たちが歩き廻《まわ》る明るい店内が広がっていた。

フランツはふり向き――薄闇に閉ざされた紳士服売り場を見た。

僕は閉じ込められた。ここは鏡の中なんだ⁉

愕然と彼は前方の鏡面を叩き、蹴り、絶叫した。

「そいつは僕じゃないぞ、出してくれ、出してくれ」

だが、向こう側の彼は、こちらへ笑いかけると、

「ひと思いにと思ったが、おれがひと仕事済ませてくるまでそこにいろ。また会ったら、その場で始末してくれる」

こう言い残して、そそくさと歩み去り、代わりに人品卑《いや》しからぬ白髪の紳士が女店員ともども現われて、澄ました顔でタキシードの上衣を調節しはじめた。

「僕はここにいる。鏡の中にいる。わかってくれ、出してくれ」

だが、それが無駄なあがきだということは、彼自身が誰よりも理解しているのだった。

砂に埋もれたホテルからの救出者は、ほとんどいなかった。

恐るべき力が振るわれる一〇分ほど前、支配人の携帯に掛かってきた一本の電話が、話の最中に、全宿泊客とスタッフの退去を決定させ、即実行に移させたのである。支配人は、自室に設けられた緊急警告装置のスイッチを入れた。

ホテルに爆弾が仕掛けられた、二分以内に退去せよというアナウンスが繰《く》り返され、警備員とスタッフは拳銃片手に部屋を駆け廻り、荷物を詰めたり、トイレへ駆け込んだりで遅れる客たちを、片っ端から追いたてた。滅多に施行《しこう》されないが、宿泊約款《やっかん》に記載されている正規の一項である。

全スタッフと客たちが脱出した数分後に、ホテルは砂と化した。

そして、今、メフィストの仕事は偶然、崩壊に居合わせた通行人たちを救い、蘇生《そせい》させることであった。

幸い、彼が兄弟子たちと別れて〈靖国通り〉を渡ったとき、彼自身の病院の救命車と救助隊が現場に到着し、出番はなくなった。

病院に戻ろうかと救命車に乗り込んだメフィストへ、一本の電話が掛かった。

「トンブだわさ」

とでぶでぶした声が名乗った。黒焦げの死体状態から、早々と甦《よみがえ》ったとみえる。

「あんたが出てってすぐ、うちの召使いが見えなくなっちまったのさ。あれがいないといろいろ不都合でね。あんた知らないかい？」

「残念ながら」

「ふん。役立たず」

悪態とともに電話は切れた。

2

一時間後、一同は青黒く澱《よど》んだ水の縁《ふち》に立っていた。ひとりの欠席者もなかった。

「最初に来たのは？」

とシュワルツヴァルトが訊いた。

「おれだ」

とゾルタンが手を上げた。

「あたしが二番目」

とミーシャ。

「三番目がおれで、四番目はドクトル・元、後はメフィスト、フランツだな。憶《おぼ》えておけ」

シュワルツヴァルトの行為は、重要な意味を持つ。

妖気に満ちた土地での集会では、その土地に到着した順番が魔力の強さを決める。といっても、一割から二割増し程度の範囲内だが、生死を賭けた戦いでは、充分に影響を及ぼすレベルだ。

ゾルタンは一〇分前、ミーシャはその二分後、シュワルツヴァルトはその一分後、元は二分後、メフィストとフランツはほとんど同時に、元の五分遅れで到着したのであった。

「用意は？」

シュワルツヴァルトの声は風に流れた。そよ風とはいえない空気流が、一同の間を巡った。

「大丈夫です」

フランツがうなずいた。大先輩たちを前にして、さすがに緊張の面持《おもも》ちだ。ただし、さすがに程度である。

足下に置いたデパートの手提《てさ》げの口を開け、中身を芝の上に並べる手つきも雰囲気も落ち着き払ったものであった。

「では」

こう言って、フランツは並べた品から二本のハーケンを取って、自分の足下に一本を深々と刺し込んだ。工作具の前に別の売り場で購入した品である。それから右手に二メートルほど歩いて、もう一本をそこへ。

池のほとりの地面である。芝が覆い尽くしたとはいえ地面自体はゆるい。地震でも起きたら、すぐに裂け、池の水を浴びて軟泥に変わってしまいそうだ。

だが、ハーケンは花崗岩《かこうがん》にでも打ち込まれたみたいにびくともしなくなった。むろん、魔術だ。

フランツはハーケンの端の穴に、ロープの代わりに太さ一ミリの針金を一本張った。

それから奇妙なもの——大ヤスリを摑んで、針金の表面をガリガリとこすりだした。

五分ほどの間、銀色の粉が風に舞いつつ芝を光らせ、澱んだ水の面《おもて》に散らばっていった。

小莫迦《こばか》にした風な顔つきはゾルタンとミーシャだが、この二人とて〝見習い〟の作業を見つめる眼差《まなざ》しは、真剣そのものだ。

「よし」

小さくつぶやいて、フランツはヤスリをベルトに差し込み、今度はさらにおかしな品――バイオリンの弓《ボウ》を持ち上げた。これは楽器売り場で買ったものである。

「おい」

と呻《うめ》いたのはゾルタンだ。

彼は両手を耳に当てて力を加えた。音の侵入を防いだのである。

フランツはボウを針金に近づけるや、思いきり引いた。

天地万雷《ばんらい》とも異形《いぎょう》の悲鳴とも、押し寄せる大津波と竜巻の怒号とも、猛獣の断末魔《だんまつま》とも取れる音であった。

ミーシャが両耳を押さえてよろめいた。

元唱林も鳩尾《みぞおち》の辺りを撫《な》でて吐き気を抑《おさ》えている。


フランツだけが意気揚々と立ち上がり、ボウをひと振りした。

「よし。これでいきます。みなさん――お互いを」

その時、メフィストが、

「音を選んだか」

と言った。

憑依したものの正体を暴くには、その本体にいたたまれなくすればいい。そのために最も効果的なのは、言うまでもなく苦痛を与えることだ。視覚、触覚、嗅覚《きゅうかく》に人間と魔性の限界を超える刺激を与えれば、憑依体は堪《たま》らず逃亡する。その手段に、フランツは聴覚を選んだのであった。

針金がボウに付けた傷は、異界とこちらをつなぐ一種の追放暗号である。

ファウスト学舎では、音による憑依体の排除ももちろん、教えている。だが、今フランツの物した音は、そのトップ・レベルを遥《はる》かに凌《しの》ぐ狂的とさえいえる響きの波紋であった。

全員に緊張が絡《から》みつく。追放された憑依体が、本体に最後の破壊を命じる恐れがあるからだ。

フランツが片膝《かたひざ》をつくと、凄まじい音が溢《あふ》れはじめた。

この手の音を聞き慣れた魔道士たちが一斉に眉《まゆ》をひそめ、

「悪魔でも逃げ出すぞ」

とゾルタンが呻いた。

「早く終わらせてほしいわね」

ミーシャの美貌《びぼう》は汗の珠《たま》で塗りつぶされていた。汗は次々に噴《ふ》き出し、形のいい鼻先まで滑り落ちて止まった。フランツはそれを顔を振って撥ね飛ばした。

嗚咽《おえつ》に似た低い呻きが一同の口から迸《ほとばし》った。

ただひとり、沈黙を期待していたメフィストの身体《からだ》から、見よ、黒い人影のような形が浮き上がり、のたうつような動きを見せると、すぐに空気に溶けた。

他の五人も同じだった。

次々に現われる影法師は、ひとつではなかった。人の形、異形のもの——すべては狂気の音波に狂い、身悶《みもだ》えし、消えていく。

なおも途切れぬ狂音の中で、シュワルツヴァルトが、

「魔道に精進すれば、誰でも五つや六つはおかしな霊や怨念《おんねん》に取り憑《つ》かれるものだが、さすが、ファウスト学舎の高弟たちだ。まさかひとり一〇〇を超すとはな。さ、強敵はこれからだ」

励ましとも取れる言葉のせいか、フランツの奏《かな》でる忌《い》まわしい響きはさらに激しく、甲高《かんだか》く、狂的に舞い狂った。夕暮れも近い廃苑の狂奏であった。

ついにミーシャが倒れた。両耳を押さえたまま痙攣《けいれん》し、芝生を転げ廻る。それを追う男たちの眼には、同情と懸念の代わりに、黒い疑惑が満ちていた。

突然、音が熄《や》んだ。フランツが前のめりに針金の

上に倒れたのだ。狂熱の追放演奏は、奏者自らの気力と体力を根こそぎに奪ったのだ。

「出なかったな」

と、シュワルツヴァルトが長い息を吐いてから呻いた。ゾルタンがかぶりを振って、

「坊主がしくじったのかも知れんぞ」

誰ひとり、これに異を唱える者がいるとは思わなかった。

「いいや、効果はありました」

驚愕のみの視線が束《たば》ねられ、一点に集中した。

「おれの名は第三獄四四号ダキア。あの程度の扱いでは、退出に納得できんな」

とドクター・メフィストは、別の男の声で言った。

無言で両手を胸前で組み合わせる男たちへ、

「この男を殺したら、〈新宿〉では盲目も同じだぞ」

と叩きつけたが、音もなく伸びてきたゾルタンの白髪から跳躍して逃れ、

「お静かに」

と一同を見廻した。いつものメフィストの仕草と声であった。

「操《あやつ》り人形」

なおも白髪は白い医師へと流れ、その首に巻きついた。

次の瞬間、美しい顔は水しぶきを上げて、背後の水中に落ちていた。

「そこまでにしろ」

苦笑を浮かべた元唱林が口笛を吹いた。

呆然《ぼうぜん》と立ち尽くすメフィストの身体は枯木の幹に変わった。そのかたわらに白い影が立っている。天工の彫り上げた美貌はそのままに、右手にはいま斬り落とされたばかりの自分の生首をぶら下げて、

「幻覚です」

ひとこと言って一同へ生首を放った。

芝の上で三回転すると、それは針金で出来た隙間《すきま》だらけの頭部に変わった。

「次は、わしが」

元唱林が前へ出た。

「よせ」

とシュワルツヴァルトが止めて、疑惑を隠さぬ眼差しをメフィストに向けた。

「いつも自分でいられるか？」

「何とか」

「完全にダキアを押さえつけられなければ、今ここで討つ」

「一〇〇パーセントは無理ですな。しかし、いま討たれるのは困ります」

「ファウスト学舎の天才が、生命《いのち》を惜しむか？」

「生命というものを、私はもうひとつ判じかねておりまして――第三獄囚は残り二名、或《ある》いはそれ以上、ダキアとやらを操って斃《たお》すほうが上策かと」

「ふむ、一理ある」

と賛意を示したのは、シュワルツヴァルトに非《あら》ず、ドクトル・元唱林であった。

「しかし、それには、おまえがおまえであることの証明が要《い》るぞ」

「わかっております」

「それができれば――どうだね？」

シュワルツヴァルトはうなずいた。

「よかろう。証明できるか、メフィスト？」

「残念ながら、私がダキアを駆逐したと申し上げれば、信じていただけますかな？」

返事はない。

「ならば無駄です。コントロールできるという私の言葉を信じていただくしかありません」

「決裂だな」

シュワルツヴァルトの全身から、凄まじい凶気が立ち昇った。魔道士たちの眼には、燃え狂う油火《あぶらび》の炎塊に見えた。

「待ってください」

その声が、若い後輩のものだと全員が知ったとき、〝見習い〟フランツは、血の気も失《う》せた顔で、メフィストの方を見た。

「確率は五分と五分《ぶ》でしょう。なら、ドクターの言葉を信じる手もありかと思います」

魔道士たちの殺気が動揺した。フランツの言葉は、彼らの考えでもあったからだ。

そこへ、

「同感よ」

よろめきよろめき立ち上がったのは、ドクトル・バイヤンであった。

3

「外れたときの被害も大きそうだけど、メフィストを信用するならば、ビッグなツキが廻ってくる。あたしなら、この坊やとそっちに賭けたいわね」

どちらかといえば、上下関係をもとに言動を決していた女魔道士の言葉だけに、一同は即座に反論もできなかった。

「二対三か」

元唱林が苦笑を浮かべた。

「いや、三対三ですな」

とメフィストが、ぬけぬけと口にした。

妖気漂う水辺に、不気味な時間《とき》が流れた。

「決めよう」

とシュワルツヴァルトが断ち切るように告げた。

「ドクター・メフィスト――この場で処断する」

声が終わらぬうちに、天と地をまばゆい光がつないだ。

落雷――それが単なる自然現象の魔術的応用ではない証拠に、光は途切れず、その中に溶けたメフィストの影は、大きくのけぞったではないか。

「〝ゼウスの雷《いかずち》〟」

ゾルタンが怯えを含んで呻いた。

ギリシャ神話にいう。オリンポスの神々に反抗した巨人族に制裁を加え、その軍勢を蹴散らしたのは、オリンポス山の頂《いただき》から大神ゼウスの送った無数の雷だと。

誰かが、おお!? と叫んだ。

メフィストの影法師が黒煙を噴いたのだ。

〈魔界医師〉が炎に包まれる紅蓮《ぐれん》の姿を、誰が想像しただろう。

兄弟子と弟弟子の差か。一矢《いっし》も報いることもなく、炎と黒煙に飾られた白い医師の姿は、横倒しに水中へ崩れた。残骸ともいうべきその身体《からだ》へ、白い雷はなおも降り注ぎ、水没させるまで熄まなかった。

どれほどの長さの死闘であったか、岸へ打ち寄せるさざなみだけが動く世界で、口を開く者はいなかった。

シュワルツヴァルトがドクター・メフィストを斃したとは、誰も納得はしなかったのである。

「〝見習い〟——死体を確かめてこい」

シュワルツヴァルトがフランツに顎《あご》をしゃくってみせた。

兄弟子の命令は鉄である。

立ち上がるフランツを見る兄弟子たちの眼に、彼の成果に対する祝福はかけらもない。

フランツが右足を灰色の水に踏み入れようとした瞬間、さして広くもない池の真ん中に、ごぼりと水泡が生じて割れた。

「?」

さらに一メートルばかり近づいて、またごぼり。

その先にはメフィストの遺体が浮いている。

不意に沈んだ。水中のものはどれほどの力をふるったのか、何の抵抗も示さず、吸い込まれたのである。吸い込まれた水がぶつかり、勢いよく撥ね上がった。

「来るぞ」

ゾルタンが低く何事か唱えるや、白髪を一本引き抜いて、水面へ投擲《とうてき》した。

それは鋭く重い鍼《はり》と化して水を貫《つらぬ》いた。

絶叫が上がった。

水中からではない。青く染まりはじめた虚空《こくう》からであった。

「おお!?」

愕然とふり仰《あお》いだ魔道士たちは、遥か高みを飛ぶ鳥の姿を大鴉《おおがらす》と認めた。

「またと無けめ《ネヴァーモーア》」

その影へ別の攻撃を仕掛ける前に、彼らは影の意図に気づいた。

ふたたび水面へと火のような視線を走らせた彼らの前に、暮色の空を映した水は、青灰色《せいかいしょく》の広がりをどこまでも重く陰鬱《いんうつ》に湛《たた》えているばかりであった。


それから一時間ばかり後、フランツは〈メフィスト病院前〉でバスを降りた。

〈御苑〉での死闘のせいか、やつれた面持ちだ。眼だけが不敵、というより不気味な光を放っていた。

ひっきりなしに患者たちが出入りする門をくぐろうとしたその肩を、後ろから白い手が叩いた。

ふり返り、若者は相手の名を呼んだ。

「ドクトル・バイヤン」

「はあい」

と、こちらも面《おも》やつれした美女は、それでも濃艶《のうえん》といえる笑顔を見せて、

「何しに行くつもり?」

と訊いた。お互いの耳にしか響かぬ魔術的会話である。

「いや――ドクターの安否を確かめに。戻っているかも知れないし」

「〝ゼウスの雷〟を食らっても、あの男ならね。あたしも行くわ」

「他の方たちは?」

兄弟子たちは、それぞれタクシーで去っていた。ミーシャもそのひとりであった。

「知らないわ。おまえやあたしと違って、メフィストごとダキアとやらを始末したと思い込んで、酒で

も酌《く》み交わしているかも知れない」

「あなたはどうして？」

「たぶん、おまえと同じよ。あのメフィストが〝ゼウスの雷〟くらいで柩《ひつぎ》に納まるなんて思えないの。だとしたら、どうなったにせよ、ここへ戻るに違いない。それを確かめに来たのよ」

こう言ったとき、ミーシャの表情が変わった。若者の表情が変わったのだ。

探るような、嘲《あざけ》るような顔つきは、この若者からは、まず想像もつかないものであった。

憮然《ぶぜん》と――というより不気味そうに自分を見つめる大先輩へ、

「――本当ですか？」

とフランツは訊いた。

「――どういう意味かしら？」

ミーシャはすでに威厳を取り戻していた。

「僕は、安否を確かめに来ただけじゃありません。あなたと等しく、ね」


一瞬、ミーシャの形相が悪鬼のそれに変わった――と見る間に、にんまりと相好《そうごう》を崩した。

「その顔は――ひょっとして、ジギロか。〝鏡変《かがみが》え〟の術で入れ替わったとなると、これはおれにも見分けがつかなくて当然だ」

野太い男の声であった。そして、当のフランツは、

「そういうおまえは、ダキアだな。あのホテルが砂と化したとき、よくもメフィスト以外の人間に取り憑けたものだ」

「おれの〝三分身〟の術を忘れたか？　まだひとり余裕がある。おまえに取り憑いてやってもいいが」

「よしてくれ」

とフランツは片手を振って、

「しかし、わざわざここへ来るということは、メフィストはまだ――」

「死ねば、内部のおれは逃亡する。それが全く無反応なのは、メフィストが生きているか、内部のおれ

が処分されたか、だ。どちらにしても、あいつはまだ呼吸を続けている」

「とりあえず、息の根を止めなくては、な――では、おれはおまえの弟弟子になろう」

フランツ＝ジギロは好青年剝《む》き出しの表情で、にやりとしてみせた。


だが、面会を申し込んだ二人に、受付の係は、院長は留守だと伝えた。

「すると、どこに？」

フランツことジギロが訊いた。

「池の中で遭遇した奴のところだろう」

「おまえの分身――連絡が取れんのか？」

「メフィストの体内にいるうちは、な。目下《もっか》のところ、完璧《かんぺき》に押さえつけられているらしい」

ここでダキア＝ミーシャはひと息置いて、

「さすが、ドクター・メフィスト、というべきだな。ファウスト学舎最高の弟子だと聞いている。今回の討手の中で、現役も奴ひとりだ。あとはこの女の情報によれば、現実とやらにまみれてふやけきっておる」

「この小僧は現役だぞ」

フランツが胸を叩いた。

「あれは生かしておけば大物になる。おれたちさえ凌《しの》ぐかも知れん。おれの世界へ閉じ込めておいんが」

ミーシャの眼が光った。言うまでもなくこのミーシャは取り憑かれている。

「殺せ」

「わかっている。少しからかってから、な」

「すぐ、だ」

「しつこいぞ。おまえ、メフィストの中の分はおれの術に耐えきれなかったのに、その女の中にいるおまえは、よく出てこなかったな」

「こっちのほうが中身が濃いのだ」

「ほお。〝三分身〟は知っていたが、それは初耳だ。

絶対量というやつがあるわけか」

ミーシャは苦々しげに顔をそむけた。それを愉《たの》しげに眼で追いつつ、若者の姿をしたものは、

「まず、メフィストの居場所を捜《さが》すことだ。世俗にまみれた他の奴らは、ゆっくりといつでも料理すればいい」

と言った。

ミーシャは曖昧《あいまい》に首を縦に振った。

「まあ、よかろう。とりあえず一杯飲《や》るか。この街には名物の酒があると聞く。この国独特の製法によるものらしいがな」

「店はわかっているのか?」

「飲み屋ならどこでも置いてあるそうだ」

「相も変わらず、酒と女には眼のない奴だな」

二人は〈旧区役所通り〉を〈風林《ふうりん》会館〉の方へと下り、その裏にあるキャバクラへ入った。

「高価そうな店だな」

フランツが難色を示したが、

「構わん。いざとなったら、金のありそうな奴に取り憑いてやるさ」

と、ミーシャが豊かな胸を叩いて、すれ違った通行人をどきりとさせた。〝三分身〟は、もうひとり分残っているのだった。

二人が戸口をくぐると、ホステスたちの好奇の眼差しが集中した。

ひとりは一七、八の美青年、もうひとりは二〇代半ばとしか見えない美女である。しかも、妖艶なグラマーだ。

隅のボックス席へ着くと、小柄なホステスがやって来て注文を取った。

「ありがとうございます。お待ちくださいませ」

丁寧に頭を下げて去っていく後ろ姿をフランツが眼で追った。

「おい」

とミーシャが低い声で制した。声はミーシャのものである。

「おまえはロリコンか。いい加減にしろ」

「他人《ひと》の趣味に文句を言うな。しかし、この国で、あんな愛くるしいホステスに会えるとは思わなかった。〈魔界都市〉とは天国の別名だな」

半ば恍惚《こうこつ》とする仲間を、ミーシャの顔と身体を持った脱獄囚は、これも半ばうんざりしたように見つめた。

第五章　店外デート

1

腰までスリットの入ったチャイナ・ドレスのホステスが二人やって来て、

「ご馳走《ちそう》になっていいかしら?」

と、ミーシャとフランツの腰に手を乗せた途端に、フランツが爆発した。

「おまえらに用はない。あのホステスを連れてこい!」

声は見かけどおり若いのに、大人物のごとき物言いであった。若い外国人がまさしくそう見えて、二人のホステスは一も二もなく退散し、代わりに精悍《せいかん》なボーイが二人やって来た。

「お客さま、ホステスを脅《おど》かしては困ります」

たくましさよりも、しなやかさが目立つ体軀《たいく》からして、本格的な用心棒を兼ねているのは明らかだ。

「脅かしてませんよ」

とフランツが、若い声で抗弁した。

ボーイたちは顔を見合わせ、

「腹話術でも使うんですか、こりゃ驚いた」

嘲笑である。

「ちょっと——その言い草はないんじゃない?」

とミーシャが立ち上がったとき、二人の表情が変わった。妖艶な女の妖艶な声に含まれた期待を察知したのである。彼らの内奥にも潜《ひそ》む、凶暴な——暴力と破壊への期待を。

「お客に対して何て言い方よ。今度はあたしが黙っちゃいないわ」

二人のボーイは内心舌打ちした。このカップルが、只者《ただもの》じゃないのは何となくわかっていたが、いずれにせよ女相手ではまずい。トラブルを起こしかけたのは青年だが、完全にその渦中にあるわけでもない。

「失礼いたしました」

マニュアルどおりの対応を選んだ。次々と頭を下

げ、
「ご無礼はお許しください。すぐに店長が参りま
す」
　さっさと退散しようとするその耳に、
「許せないわねえ」
　と聞こえた。
「は？」
「あたし、躾《しつけ》の悪い若人《わこうど》には我慢できない性質《たち》な
のよ。お姐《ねえ》さまが教育し直してあげる」
　ここでフランツが、おい、と肘《ひじ》を摑《つか》んだのは、も
ちろん、トラブル回避ではなく、小柄なホステスが
目的だ。
「そうですか」
「それはそれは」
　二人のボーイも瞬時に精神状態を変えた。〈新宿〉
では、女だろうと油断できない。男が変身している
場合も、捕食性妖物が獲物に見せつける幻影の場合
もあるからだ。現実に、彼らは女性客をぶちのめす
つもりでいた。活性剤を服《の》んで粋《いき》がってる麻薬中毒《ヤクチュウ》
なら眼が醒《さ》めるだろうし、妖物なら〈区〉から表彰
されるかも知れない。
　だが、その肩に手を掛けるや、大きく後ろ――三
メートルも引き戻したものがいた。
「てめえ⁉」
「何しやがる⁉　この――」
　と罵《ののし》ったのは、彼らと女性客との間に立つ黒服
の人影に対してであったが、声も怒気もたちまちし
ぼんだ。
「客商売が凄《すご》んでどうする？　口の利《き》き方は教えた
はずだぞ」
「――水月《みなづき》さん」
　低く太く錆《さび》を含んだ男の声であった。
「ザ・バンサー」
　地獄へ堕《お》ちた亡者《もうじゃ》にも似た後悔の呻《うめ》きには、確か
に畏怖《いふ》の響きがあった。
　バンサーとは用心棒の意味である。若いボーイた

ちもその一員であった。だが、ザを付けて、その代名詞と謳《うた》われるのは、この男しかいない。

「失礼しました。水月と申します。今、店長が参ります」

　ミーシャの口もとに微笑が浮かんだ。反射的なものである。

　白い歯並びが宝石のようにきらめく、野性味たっぷりの浅黒い顔へ、

「いい男と巡り会えたらしいわね。そこのチンピラとは大違いだわ」

　最後まで侮蔑《ぶべつ》を忘れないのに、血気盛んな二人組の借りてきた猫みたいな様《さま》は、ひとえにザ・バンサーの名前による。

　そこへ、小太りの店長がやって来て、二人組の非礼を詫《わ》び、頭を下げさせた。

「わかればいいのよ」

　とミーシャは蔑《さげす》むように言い捨て、席に着いたままのフランツの方を見て、

「彼、おたくの小さなホステスが気に入ったみたいなんだけど、店外デートさせてやってくれない？」

　完全に増長した物言いである。それを支えているのは、客としての思い上がった権利の主張と、ある実力だ。いざとなれば、こんな店くらい簡単に破壊し得る力をミーシャ＝ダキアは秘めているのだった。だからこそ、まさか、こんな台詞《せりふ》を聞くとは思わなかったのである。

「ふざけるなよ、雌豚《めすぶた》」

　二人の用心棒も店長もフランツも、いや、当のミーシャさえぽかんと口を開けて、声の主を見つめた。

　最初に我に返ったのはミーシャだった。

「今、何と言って？」

「雌豚さ。調子に乗るなよ。二人も店長も、きちんと謝罪した。次は、そいつの番だ」

　ザ・バンサーの眼はフランツの若い顔を刺していた。

「ちょっと――この店にはまともな店員がいないわけ?」

ミーシャは店長の方を見た。

「でかい声出してホステスを脅したのは、その坊やだろ?　いいや、それは見てくれだけか」

フランツの顔に動揺が走った。

「とっとと出てけ。勘定を払ってな」

「失礼な男《ひと》ね。でも、嬉しいわ」

ミーシャは紅《あか》い舌でもっと紅い唇を舐《な》めた。

「ね、ちょっと表へ出ない?」

その一角がぎん、と凍りついた。

フランツを除く一同の胸を貫《つらぬ》いた考えがそうさせたのである。

この女――ザ・バンサーと闘《や》るつもりか!?

「いいだろう。ただし、女だからって容赦《ようしゃ》しないぜ」

「望むところよ」

まず水月豹馬《ひょうま》が、続いてミーシャが出入口のドアへと歩きだした。

さすがに店長が止めようと前へ出た瞬間、

「待ってください」

妖気に満ちた世界を、可憐《かれん》なひと声が尋常に変えた。

「店長――私、デートOKします」

え?　と顔に記して、店長は小柄なホステスへ眼をやった。

「しかし、君ィ」

「いいんです。あたし、このお客さんが気に入りました」

「おい」

と、にらみつける豹馬の表情も、呆気《あっけ》なく凶気を失った。ホステスの微笑のせいである。

「私がいいって言ってるんだから、いいでしょ?　文句なら後で聞きますわ。ね、あと一時間ほど待ってらして」

とフランツに無邪気な甘い声をかけた。

「わかった」

フランツは大きくうなずいて、

「というわけだ。僕は残るよ。喧嘩《けんか》したけりゃ、勝手にやってくれ」

おまえなあ、と言いかけ、はっと気づいて、

「あんたねえ」

と凄むミーシャへ、豹馬が、

「ちょっと失礼します」

と声をかけて、ホステスを追っていった。これでトラブルが収まったかと、息を潜めていた近くの席の連中が、一斉《いっせい》にしゃべりはじめて、雑駁《ざっぱく》だが和《なご》やいだ雰囲気が勝ち名乗りを上げた。

「どういうつもりよ、あなた？」

ミーシャは店長に手を振って下がらせ、早速、フランツに食ってかかった。正確には、ダキアがジギロに、だ。

「これから一戦交えようってときに、ホステスとイチャつこうなんて、どっか欠落してない？」

「恋は盲目だよ」

「――あなた、気は確か？」

これは本気で怒っている証拠に、フランツの顔が緊張を取り戻した。低い声で、

「あんたの言いたいことはわかってるよ。そういちいちカッカするなって。おれはこういう男なのさ。大丈夫――あのホステスと上手くやったら、すぐに仕事に戻るさ」

最後は緊張も解けた自信満々の塊《かたまり》で、ホステスが消えた方向を眺め、

「なに、すぐに済むさ」

にやりと笑った。

「自信過剰は禁物よ」

とミーシャは釘を刺した。

「追手の連中はともかく、この街と住人を甘くみると危《ヤバ》いことになりそうよ。あの用心棒だって、正直、眼が合った瞬間、ぞっとしたわ。周《まわ》りはみんな敵、と思ったほうがいいわよ」

「あんたの百倍も承知の助だよ。しかし、まさか、あんなに嵌《は》まる娘と、こんなところで会えるとは思わなかった」

「このロリコン野郎が」

ミーシャが小さく吐き捨てたとき、店長が戻ってきた。

「申し訳ございません。ホステスは着替え中でございます。今しばらくお待ちください」

こう告げて行こうとするのへ、

「どれくらい待たせるつもりよ？　何なら、あたしが急《せ》かしに行ってもいいのよ」

「そうおっしゃらず。飲みながらお待ちくださいませ」

「もちろんそちらの奢《おご》りね？」

「とんでもない！」

断固撥《は》ねつけて歩き去る店長を、ミーシャは怒りより呆《あき》れ返った眼で眺めた。

入れ替わりに、ホステスが戻ってきた。

「この後は休みを取りました。どこでもお伴《とも》いたしますわ、えーと」

「ジギロだ、よろしく」

フランツはこう名乗って、ホステスが差し出した小さな白い手を、優しく握った。

「そちらにも、ハンサムをお付けしましょうか？」

とホステスはミーシャに笑顔を向けたが、美女は苦々《にがにが》しく、

「真《ま》っ平《ぴら》よ。その坊やに食べられないようにね」

と告げて、そっぽを向いた。

2

二人が外へ出ると、ミーシャは残った「新宿焼《しよう》酎《ちゆう》」を手酌《てじやく》で飲《や》りはじめた。

やや甘口だが、悪くない口当たりで、三、四杯続けざまに空《あ》けると、ようやく周囲の視線に気がついた。

全員がこちらを見つめている。呆然《ぼうぜん》を通り越した恐怖と戦慄《せんりつ》が、油のように瞳に広がっていた。

「あの女、何も知らないのか？」

「店もいちいち教えたりしないからねえ」

「ガイドブックにも載ってるわよ」

「何がよ？」

いらだちに煽《あお》られ、ミーシャはグラスの底をテーブルに叩《たた》きつけた。

その瞬間、めまいが襲った。今の今まで正常な血液の運行を司《つかさど》っていた血管内を、凄《すさ》まじい速度で別のものが疾走していく。

ぐお、とも、うお、ともつかない叫びを上げて、ミーシャはのけぞった。

「効《き》いたぞ」

周りの席から次々に声が上がった。

「しかも、この効き方は、いきなりメー度3だ」

メー度とは、この場合、酩酊《めいてい》度の意味である。3がどれほどのレベルなのか、ミーシャを見つめる客たちの眼からこぼれる恐怖が語っている。

両膝《ひざ》を床につき、ミーシャはさらに片手で身体《からだ》を支えた。背中が波打つのを見て、誰かが悲鳴を上げた。

込み上げてくるものを、ミーシャは片手を口に当てて防いだ。強引に嚥下《えんか》した途端、胃は正常に戻った。

「あら」

とミーシャの声で喜ぶ一方で、

――危《ヤバ》い酒かと思ったが、案外、取っつきやすいかもな
と、タキアの述懐は内心の声である。

胃を押さえても、少しぐるぐるいう程度で、咄嗟《とっさ》に困ることはなさそうだ。

椅子《いす》に戻ったとき、さっきの店長がやって来て、奥へどうぞと勧めた。

「ご免蒙《こうむ》るわ」

「お顔の色もすぐれませんし、だいぶお疲れのご様

子です。当店には専門の医師も待機しております」

「どんな商売してるのよ、ここは？」

さすがに呆れ返ったミーシャを、店長は執拗《しつよう》に奥へと誘った。ミーシャが乗ったのは、

「うちの焼酎には実は無許可品もありまして。お客さまのお飲みになった品も、実はその一本なのです。先程のご様子を拝見しましても、やはり、診察を受けられたほうがよろしいかと存じます」

「真っ平よ」

「ですが、この席でお連れを待たれるのも、奥で待たれるのも同じでございますよ」

「真っ平」

「おい、姐さん。行ってやれよ」

客の中から声が上がった。

「そうそう。あんたにここで倒れられちゃ、店は営業停止になっちまう。そうなったら、店もおれたちも困るんだ」

「そうだ。早いとこ行ってくれ。ここにいる連中は、みんな担《かつ》ぎ込まれてるんだ。心配するねえ」

「カッコいい医者《ドクター》よ」

こんな声の連鎖に動かされたわけではないが、ミーシャ＝ダキアの胸に、ふと、好奇心めいたものが揺れた。それに、声には怒気も含まれている。店内でのトラブルは、必ずしも今の自分にプラスになるものではなかった。

「スタッフもお客もしつっこい店ねえ。いいわ、行ってあげる」

「これはどうも」

店長は先に立って、ミーシャを奥へと導いた。

狭い廊下の奥の小部屋であった。スチール製のベッドとテーブルと椅子、コンクリ壁に密着した薬棚と本棚の他は何もない。

「医者はどこよ？」

と、店長に訊《き》いた。

「すぐに来ます。トイレでしょう」

いきなり、廊下の方をふり向いて、

「これは、ドクター。よろしくお願いします」

と言って、出ていった。

入ってきた医者を見た瞬間、ミーシャは、息を呑《の》んだ。

誰の眼にも、その二人は似合いのカップルに見えた。

金髪に碧《あお》い瞳の外国の若者と、ホステス風の衣《い》裳《しょう》だが、どうしてもそっち方面には見えない小柄な娘――可憐のひとことに尽きる。

二人は〈歌舞伎町《かぶきちょう》〉のホテル街方面へと足を運んでいたが、すれ違うチンピラたち、学生らしいカップル、営業のサラリーマン等々から冷やかしの口笛を送られた。

「二人きりになりたいね」

フランツが声をかけたのは、ホテル街の中にある狭い公園の前だった。

西の空を焼く日没の中にブランコや滑り台が霞《かす》んでいる。

「そこへ」

とホステスが公園を指さした。

「外から丸見えだよ」

と異を唱《とな》えるフランツへ、

「大丈夫。ここは見えないの」

と自信たっぷりに言った。

「見えない？」

「そうよ。あそこに入ると、外から見えなくなるの」

「今も？」

「そ」

「なら、他にも人がいるんじゃないか？」

「ううん」

とホステスは愛らしく首を振った。黄金の髪から同じ色の花びらがふり撒《ま》かれるような気が、フランツにはした。

「どうして？」

「今は誰もいないわ。行こ」

　フランツの指先を握って歩きだすと、抵抗する力は彼にはなかった。

　ベンチに腰を下ろして外の様子を窺《うかが》うと、じきに学生風のカップルが通りかかり、こちらを見たが、二人に気づいた風もなく通り過ぎた。

　さらにもうひと組、カップルと反対側からやって来た不良少年たちが同じだったことで、フランツもホステスの言葉を正しいと認めた。

　それでも、こちらからは見えるというのは不安なもので、しばらくは落ち着かないはずなのだが、納得すると同時にホステスの肩を抱き寄せたのは、フランツではなくジギロだからだ。

「待って」

　と寄せてくる顔を片手で押し戻し、

「はじめてのキスなのに、せっかちね」

　とホステスは唇を尖《とが》らせた。

「君がきれいだからさ。それに——」

「それに？」

　ホステスの表情にある期待が浮かんだ。

「僕とははじめてだけど、他の客にはサービスしてるんだろ？」

　期待を消して、ホステスは微笑した。

「そうよ。でも、あなたとははじめて。キスするのは、ね」

　フランツの眉《まゆ》が寄った。

「——どこかで会ったかい？」

　ホステスは黙って、今度は自分から顔を近づけた。

　唇が重なった。少しして離し、

「わかってたけど、人形さんかい」

　とフランツは静かに指摘した。

「そうよ。あなたとキスしたのははじめて。でも——」

「やはり、知り合ってたか。まあ、いい。若いのに化けても、精神まではそうはいかん」

そう言いながら、もう一度抱き寄せようとした腕の中から、ホステスは鮮やかに脱《ぬ》け出してのけた。

フランツ＝ジギロは不気味に笑った。

「大人しくしていれば、魂《たましい》だけを頂戴《ちょうだい》して、身体は帰してやれたものを。おれの正体を知った以上、ここで死ね」

「お先にどうぞ」

「なに？」

とベンチから立ち上がった身体が、不意によろめいた。

「貴様……この場所は？……」

「最近、立札が盗まれちゃったのよ。死ぬほどじゃないんだけれど、生命エネルギーを吸い取る土地なのね。だから、デートにもってこいの割に、使う人がいないわけ」

なら、おまえはどうして、とジギロは訊かなかった。相手は人形なのだ。

摑みかかろうとしたが、足が動かず、彼は前のめりに倒れた。支えようとした腕にも力は入らなかった。石を敷いた歩道に、顔がもろぶつかり、ホステスの可憐な顔をしかめさせた。もはや動けず、低く呪詛《じゅそ》を放つばかりのフランツ＝ジギロを冷ややかに見下ろし、ようやくその肩のあたりに近づいたのは、魔囚が倒れてから一分も経過した後であった。

フランツの声は地を這《は》う虫のようにか細く切なげであった。

ホステスの冷厳な眼差《まなざ》しに、ふっと同情が兆《きざ》した。

その身体が硬直した。フランツの両手が足首を摑んだのだ。

「おれの演技もなかなかのもんだな」

地上から、ゆっくりとフランツが顔を上げた。それは若者の顔ではなかった。右半顔を不気味な焼痕《やけあと》で覆《おお》われた無惨な中年男が、ホステスを見上げた。

これだ、これがジギロなのだ。

「まったく、油断できない街だが、おれも魔囚妖囚と言われた男だ。並みの魔道士よりは我慢が利く。今すぐ、おまえの魂を平らげるくらいの力は残ってる。だがな、せっかくのデート・スポットだ。もう少し愉《たの》しんでからにしようや」

ホステスの足を摑んだ右手が、じりじりと上がってきた。

「何なさるのかしら？」

「見てりゃわかるよ」

若者の手は膝を通り越した。ミニスカートが待っている。その中へ、若者の指が滑《すべ》り込んでも、ホステスの表情は変わらなかった。

「人形のあそこになんざ興味はなかったが、おまえくらい可愛らしけりゃ別だ。どうだ、このすべすべした肌は。固い分までセクシーだぜ」

それでもホステスが平然としているので、

「ま、並みのテクじゃ感じねえだろうな。だが、おれのなら――どうだ？」

スカートの内側で何が起こったのか、ホステスは不意に小さく喘《あえ》ぐと、苦痛に耐えるみたいに上体を縮《ちぢ》めた。

「いけません――やめて」

逃れようとしたが、左足は押さえつけられたままだ。

「あ、あ、あ」

明らかに人間と同じ悶《もだ》えの表情と動きを示す小柄な肢体へ、醜悪な男の眼差しは、何もかも見透かすみたいに注《そそ》がれていく。

「下ろすぜ、お嬢ちゃん」

こう言って、フランツは右手を垂直に引いた。

ホステスが悲鳴を上げた。

男の叫びがそれに重なった。

ホステスは一気に三メートルも飛びずさり、フランツは右手を押さえた。その顔は若者に戻り、指の間から三〇センチもある針が生《は》えている。いや、針などというべき代物ではない。これはバーベキューに使う、太くて重い鉄の串《くし》であった。

「店の子に手を出さないでもらおうか」

公園の入口で、串を飛ばした右手を引きながら、凄みを利かせる精悍そのものの男は、言うまでもなくザ・バンサー――水月豹馬に違いなかった。

3

「あなた、黒木さん……」

呆然となるミーシャの美貌《びぼう》へ、医師は好々爺《こうこうや》らしい温和な笑みを浮かべた。

「左様《さよう》。あなたを車に乗せたばかりに、魔法の材料にと、心臓をえぐり取られた憐《あわ》れな老人ですよ」

白衣姿の老人にバックスキンのコートを着せ、運転手付きのロールス＝ロイスに乗せれば確かに、〈下落合《しもおちあい》〉の一角で抱きついてきた腕に身をまかせながら、顔中をねぶる舌が口腔《こうこう》へ侵入してきた刹《せつ》那《な》、その胸に右手をねじ込み、内部の器官を肋骨《ろっこつ》ごとねじ切ってやった老人に化ける。むろんそれはミーシャにあらず、その精神《こころ》と肉体に乗り移った魔囚ダキアの仕業《しわざ》であった。

老人はその場で即死し、運転手も始末した。今頃は路地に停めた車も見つかり、〈新宿警察〉はそれなりの捜査を開始しているだろうと想像はついたが、まさか、殺した当人が目の前に現われるとは、想定外もいいところだ。

「ま、私も車で美人ハント――といえば聞こえはいいが、女漁《あさ》りに精を出すとんでも老人ですが、あなたのように殺しまでやるつもりはなかった。あまり驚いたせいで、このように生き返ってしまいました。ならば完璧《かんぺき》を期したい。私から奪ったものを返していただきましょうか」

老人の白衣の胸には血の丸が描かれていた。彼は右手をミーシャに突き出した。

「返してください、心臓を」

暗い翳《かげ》に染め抜かれたようなミーシャであった。

胸もとへ突き出された手の平を咬《か》むような眼つき

で見つめ、身じろぎもしなかった。その口から、低い呻き声がこぼれ出したのである。いや、それはすぐ甲高《かんだか》い笑い声になった。ミーシャは今、のけぞって笑っている。

呆然と見つめるのは、黒木の番であった。

「やっとわかったわ、黒木さん。いいえ、幻《ファントム》さん。あなた、黒木さんの亡骸《なきがら》を見つけたのね。なら、残留思念を魔術絵化して、最期の瞬間を読み取るくらいはできるでしょう。いったい、誰よ？〈新宿警察〉？　それとも、私の仲間？」

「正確な答えは、おれにもわからん」

医師の声が不意に変わった。

「あーら、ドクトル・元唱林。ひとりでやって来たの？」

「残念ながら、店の外にはドクトル・ゾルタン・バイユが待機中だ。シュワルツヴァルトは、フランツのほうへ向かっている」

「あらら。甘く見られたわね。たったふたりで、あたしをどうこうするつもり？」

「仲間同士の術競《くら》べも面白いかも知れんな」

黒木医師の姿は、みるみる道服の魔道士に変わった。

「だが、おまえにドクトル・バイヤンの術が使えるとは思えん。その身体から脱けるか、入ったまま死ぬか、好きにしろ」

「ああら、仲間の身体もろとも殺すつもりだなんて、世俗の塵《ちり》にまみれたへっぽこ魔道士とは思えないわね。すこうし、見直した」

「それなら、ひとつ聞かしてもらおうか。おまえたちを解放したのは誰だ？　また、何の目的で？」

「わからないわ」

「なに？」

「そんな声出さないでよ、正直、わたしたちにもわからないんだから。一生、あの牢獄から出られないんだと、落ち込んでたら、ある日、急に出ろと言われて。渋い男の声だったわよ。いつの間にか牢の魔法錠は開いてたの。誰が救《たす》けてくれたのか、今でもわからないの。何せ、声しか聞いてないんだから」

「その声に、おめおめと従ったのか。おまえたちを姿も見せずに従わせるとは、どういう相手だ？」

「だから、わからないんだってば」

ミーシャは唇を尖らせた。

「でも、解放してやると言われたときから、凄い力の持ち主というのはわかった。あの牢獄には、ドクトル・ファウストの守護魔法がかけられていたのよ」

「ふむ」

と元唱林が反応したのは、数秒後であった。このタイムラグが、ミーシャの言葉の恐るべき内容を裏づけていた。

「それから、〈新宿〉へ行けと言われたわ。そこで、討手を斃《たお》せって——それだけよ」

東洋人魔道士の表情を困惑が覆った。仲間の姿をした敵の言葉を真実と悟ったのである。彼は魔囚たちの実力を知っていた。

困惑はそれゆえであった。

「おれたちを斃せ、この街で——それだけか？」

「そうよ」

「わからん」

元唱林は、片手を顎《あご》に当てて考え込んだ。

このとき——ほんの一瞬、二人の間にある共感が生じた。

それは、破壊すべきものであった。

ミーシャが小波《さざなみ》のように前進したのである。その速さより静けさに打たれたか、元唱林は身動きひとつできなかった。

その細い肩に指の第二関節までめり込ませて、ミーシャは老人の白い顔を覗《のぞ》き込むようにした。

一秒。

「おかしな術を使うのお」

元唱林の眼が爛々《らんらん》とかがやいた。

「だが、おれには効《き》かん」

空気の成分さえ変えてしまうような、精神と精神との闘いに敗れ、ミーシャの身体は骨が抜けたようにだらしなくよろめいた。

小さく息を吐いて、元唱林ははじめて一歩踏み込み、ミーシャの鳩尾《みぞおち》に揃《そろ》えた指を突き込んだ。

げっ、と呻いて前のめりになる女体《にょたい》を巧《たく》みに受け止め、かたわらのベッドに横たえる。

その背に室内以外の空気が当たった。

戸口から駆け込んできたのは、店長であった。

「やっつけましたか?」

「何とか――ご協力を感謝します」

「そんな」

と店長はかぶりを振って、

「あの娘《こ》に、この二人が〈新宿〉の敵と知らされ、すぐメフィスト病院へ連絡を差し上げた次第ですが。当方にできたのはそこまでで。危険な相手でしたか?」

「恐ろしいほどな」

と元唱林は微笑した。

「だが、こうなれば子供と同じだ。すまんが、タクシーに乗せるのを手伝ってもらえんかな?」

「いいですとも」

ミーシャの横顔を見つめたまま店長はうなずき、ベッドへと近づいた。元唱林が横にのいて彼を通す。その刹那、店長の左腋《わき》の下が、小さな炎を噴《ふ》いた。押し殺した銃声からして自動《オート》拳銃、それも小口径だろう。廊下に誰かいても気づかぬほどの一撃は、しかし、元唱林の右肺を貫き、壁へと叩きつけた。

かっと眼を剝《む》く魔道士へ、

「この女は失神しても、おれは違ったのさ」

と店長は言った。ダキアの顔で。

「別嬪《べっぴん》は得だな。この親父、寝顔をたっぷりと見てくれたぜ」

そのとき、ミーシャから店長に乗り移ったのか。

「おまえを始末してから、この女を運び出す。覚悟してもらおう」

抜き出したオートを元唱林に向けた。

緊張の空気が死を孕《はら》んで張り巡らされ――妙な音に破られた。


フランツは咳払《せきばら》いをひとつした。全身を駆け巡った緊張と痛みを払いのけたのである。たとえ、今の彼は魔囚ジギロの仮の姿である。いや、〈魔界都市〉の住人であろうと恐れの対象にはなり得ない。

だが、いま眼にするキャバクラの用心棒は、彼ですら冷たいものが背に流れる不気味な存在であった。

「で、おれをどうするつもりだ?」

とフランツ=ジギロは訊いてみた。

「ドクター・メフィストに引き渡す」

と豹馬は答えた。

「後は野となれ山となれ、だ。まさか、あの店で知り合いに会うとは思わなかったろ。選《よ》りに選って、その当人を口説《くど》いて連れ出すとは、な」

「メフィストはいるのか?」

「いや。病院にかけたが留守だそうだ。あいつがいなくても、おれが逃がしやしないぜ」

「ほお、よくよく自信があるらしいな。あんたもここが平気なのか?」

「一応、な」

「そうかい。なら、あんたに化けて逃げ出せばいいわけだ」

若々しい顔を毒々しい勝利の笑みがかすめた。

「その力が残ってりゃあな。おい、ナナたん、よく頑張ったな。こっちへ来な」

「はい」

豹馬の方へ歩きだそうとして、ナナたん――人形娘はふり向いた。

右手が上がった――と見る間に、フランツの頬《ほお》が鳴った。飛び離れた人形娘は、またも風のように飛んで彼の前に立ったのである。

――仇討《あだう》ちだな。

当然だ、と豹馬はにやりとした。

だが、ナナ――人形娘は、痛切な声で、こう言ったのだった。

「元に戻してあげます、すぐに――私、なにも怒ってません」

おい、と声をかけそうになるのを止めて、豹馬の胸に、ある感情が湧いた。ひどく懐かしい何か。

「そうか、そういうことか」

とつぶやいたとき、人形娘がかたわらに来た。

「早く、ドクター・メフィストのところへ連れていってあげて。元に戻してあげてください」

「あいよ」

我知らず、豹馬は微笑した。他人の言葉が必ずしも思いとは限らないと知り尽くした男が、この娘の言葉には、一も二もなく本気で応じてしまう。

「また善人になっちまった」

「え?」

「何でもねえ。さ、早く出ていきな。後はまかせてくれ」

「はい」

と公園の出入口へ歩きだそうとした姿を、

「待ちたまえ」

という声が止めた。

豹馬の眼が光った。

人形娘がふり返った。その眼に、すがるように片手を伸ばしたフランツの姿が映《うつ》った。

第六章　拉致者《らちしゃ》

1

「騙《だま》されるな」

豹馬が鋭く言った。若者の狙《ねら》いを察したのだ。

「助けて。僕はフランツだ。僕の中には別の奴がいる。君をひどい目に遭《あ》わせたのも、そいつだ。今、何とかそいつを押さえつけた。今なら戻れる。何とかしてくれ」

「わかりました」

人形娘はうなずいた。

「どうすればいいんです?」

「ここから出るには、鏡がいる。何か光るものでもいい。僕のポケットにひとつ入ってるから、出してくれ。僕が出すとまた刺されてしまう」

「わかりました」

フランツの方へ歩きだそうとしたその爪先《つまさき》に、びしっ、と一本の鉄串が打ち込まれた。

「そこまでだ。早く行け」

言い放つ豹馬へ、

「嫌です」

豹馬は眉《まゆ》を寄せた。

「こいつは驚いた。術にかかったのかと思ったが、ひょっとして本気かい? どっちにせよ、そいつに手を貸されちゃ困る。離れろ」

「嫌です」

両手を広げて敢然《かんぜん》とフランツを庇《かば》う娘は、心底そのつもりとしか思えない。豹馬は内心舌打ちした。

「仕様《しよう》がねえな」

言うなり、音もなく走って娘の鳩尾《みぞおち》に軽く拳《こぶし》を当てた。相手は人形である。人間と同じ急所は持っていない。しかし、娘は小さく息を吐いて崩れ落ちた。

「ほう、人形もKOするか」

感心するフランツへ、

「一応、大概《たいがい》の魔性《ましょう》に効《き》くぜ。色男にも、な」

「やめてくれ」

フランツは右手を上げた。

その手を縫《ぬ》ったままの鉄串が、唸《うな》りを立てて豹馬へと飛んだ。

右手のひと振りでそれを握り止め、

「おまえの術——何なら見てやってもいいぜ」

豹馬はとんでもないことを口にした。

「ほう——どういう風の吹き廻《まわ》しだ？」

「俺の悪い癖《くせ》でな。〈新宿〉へ来てから、化物《ばけもの》どもの能力に興味が湧いて仕様がねえ。見たところ、変身術か憑《ひょう》依《い》法のようだが、鏡も使うのか？」

「自分で調べてみろよ」

意外なチャンスに、フランツの声に力が加わった。しかし、水月豹馬は本気なのか？

彼は素早く人形娘に近づき、片手を肩に掛けた。

次の瞬間、娘の身体《からだ》は弾《はじ》かれたように彼の肩に担《かつ》がれていた。

フランツの眼が見開かれたが、声はない。あまりのスピードに度肝《どぎも》を抜かれたのである。

「なんてこった。狼《おおかみ》どころか、豹でも虎《とら》でもこんな早業《はやわざ》は見たことがない。あんたに狙われたら、どんな人間も、いいや、生きものも絶対に助からないな」

呆然《ぼうぜん》とした顔と口調が、急に得意満面にかがやいた。

「なら、世界を平和にしてやろう。その自信が生命《いのち》取りだぞ、豹憑《つ》きよ」

若者の唇が尖《とが》った。

凄《すさ》まじい嵐が豹馬の身体を吹き飛ばした。

一〇メートルばかり後ろに太い樫《かし》がそびえている。そこに背中を激突させる寸前、彼は肩の人形娘を地上に放った。

背骨の折れる音がした。

大きくしなった身体をさらに樫の幹に一〇秒も押しつけてから、風は熄《や》んだ。

地上へ転がった豹馬の口と鼻は血を吐いている。

背骨が折れたのだ。

「野生動物なら、もう少しマシな対処の仕方を見せたろうにな。半分人間じゃこんなもンか」

せせら笑うフランツの表情が驚愕《きょうがく》に歪《ゆが》んだ。

脊椎《せきつい》を破壊された以上、死ぬか廃人の運命を辿《たど》るはずの用心棒が、くの字に曲がった身体で立ち上がったのである。

低い吐息《といき》とともに、彼は尋常な姿に戻った。

「野生動物は多少の傷なら自分で治す。しかし、これができるのは、おれが半分人間だからだぜ」

豹馬の言う意味は、人間と豹とが不可思議な力で一体と化したとき、互いの力が不変ではなく、数乗に強化されること、のみならず、どちらのものでもない異形《いぎょう》のものに変化《へんげ》することをであった。

「どうした、魔法使い？　他に術を知らねえわけじゃねえんだろ？」

にんまりと歪めた豹馬の唇からは凄絶な牙《きば》が覗《のぞ》き、その眼は爛々《らんらん》と燃えている。

またもフランツの唇が尖った。新たな風は凄まじい速度ばかりではなかった。見よ、それに打たれた木もシーソーも瞬《またた》く間に腐蝕《ふしょく》して、錆《さ》びつき、遺跡のごとく朽《く》ち果ててしまったではないか。豹馬といえど、魔風の袖《そで》が触れただけで同じ運命を辿ったであろう。

だが、快哉《かいさい》を上げるべきフランツの身体は、後頭部の鈍《にぶ》い響きとともに、前のめりに崩れ落ちた。

その背後で、手刀をもうひと振りしてみせたのは水月豹馬に間違いない。

豹の同族チーターは陸上最速――瞬間時速二〇〇キロを弾き出すというが、水月豹馬の今の動きは、その十倍を軽くクリアし、音速《マッハ》のレベルに達していた。

いかなる妖術魔法も、かけるべき対象を特定できなくては無用の長物だ。豹馬のスピードが魔力を破ったのだ。

「これでいいだろ、お嬢ちゃん？」

涼しい物言いであった。むろん、地上に倒れた人形娘からの返事はない。

　フランツの襟《えり》を摑《つか》み、人形娘を肩に乗せて、豹馬はやって来た通りの方へと歩きだした。背骨を砕かれた男とは思えぬタフネスぶりであった。

　公園の端まで着いたとき、通りの向こうから右目に黒い眼帯をつけた長身の男がやって来た。

　五メートルほどの間を置いて、男は停止し、豹馬も停まった。

「おれはシュワルツヴァルト。ドクター・メフィストの兄弟子《あにでし》だ。あんたが引きずっている男に用がある。渡してもらいたい」

　仁王立《におうだ》ちになった顔は土気色《つちけいろ》である。鳩尾のやや下で組み合わせた両手は、瘧《おこり》にかかったみたいに小刻《こきざ》みに揺《ゆ》れている。それなのに、全身から吹きつけてくる凄まじい精気に、豹馬は苦笑を浮かべた。

「悪いが、あんたのこたあ何も知らんのでな。この坊やはドクター・メフィストに直接渡す。それまで我慢しな」

「その若者に取り憑いたものは、おまえが考えているほど甘くない。いつ息を吹き返すかわからんのだ。そうしたら、今度は油断してくれんぞ」

「ほおはお、おれが取っ捕まえられたのは、運が良かったか、まぐれだったというわけかい。気に入らねえ言い草だな」

「不快にさせたのなら謝る。とにかく渡してくれ」

「断わる——おっと、言い草がどうこうじゃねえぜ。やはり、見も知らねえ相手の言うことを聞くわけにゃいかねえのさ。ドクター・メフィストの兄弟子だというんなら、彼が来るまで待ちなよ。何もおれが坊やをどうこうしようってんじゃねえ。あんたと一緒にいたっていいんだぜ」

　これは豹馬の筋《すじ》が通っている。シュワルツヴァルトがうなずけば済むことだ。

　だが、

「やはり渡してもらおう」

不気味な威圧を込めてこう告げたのは、豹馬が固《こ》執《しゅう》するメフィストが弟弟子だという意識が抜けなかったからだ。目下、メフィストは行方《ゆくえ》不明のままである。人形娘の連絡はメフィスト病院から、兄弟子たちに伝えられた。やがて陥《おちい》る境遇がわかっていたものか、病院を出る前にメフィストが自分宛の連絡は彼らに行くよう指示しておいたのだ。そう伝えれば、豹馬も納得しただろう。それをしなかったのは、やはり面子《メンツ》の問題だ。魔術を極めた者も、妙に些細《ささい》なことで、人間性をさらけ出す。まして、メフィストと遭遇するとき、フランツの身体が自分の手になくては、估券《こけん》に関わる。

「おい、よせよ」

豹馬が苦々《にがにが》しい声で止めた。眼前の魔法使いの、断固たる意思を感じたのだ。

急にシュワルツヴァルトの身体が宙に浮いた。

大きく反《そ》り返って後頭部を地面に叩きつけられる寸前、シュワルツヴァルトが見た光景は、忽然《こつぜん》と消えた豹馬の位置で崩れ落ちる人形娘とフランツであった。

ぐったりとした魔道士の身体を横に放ってから、豹馬は額《ひたい》が地面につくほど反り返った位置から上体を戻した。

「意外と簡単だったな。しかし、三人背負っていくのは骨だ」

こう言いながら、シュワルツヴァルトに右手を伸ばす。

ごお、と風が唸ったのは、五メートルばかり右方へ、豹馬が忽然と現われた後だ。

音速移動した表情は厳しく固い。

次の瞬間、彼はもう一度消滅し、今度は四メートル左へ出現するや、右手を大きく振った。

このとき、眼の前に半透明の球体が数個、ゆるやかに素早く滑空してきたのである。

豹馬のひと振りが起こす風に飛ばされる前に、それらは爪《つめ》に裂かれた。

「あっ⁉」

驚きの声が上がったのはその瞬間であった。

球体は裂けても爪の先に表皮は残った。それが網のように大きく広がったのである。

豹馬が消えた。

三度目の消滅は、しかし、ほとんど同じ位置で終わった。現われた豹馬の全身は透き通った物質で覆《おお》われていた。

豹馬の爪と牙をもってしても、それは剝《は》がれなかった。

呼吸《いき》を止めても三〇分は全力疾走が可能な豹馬が、たちまちそこに倒れたのを見ても、球体の内部に詰まっていた気体が、猛烈な効き目の睡眠薬だったことがわかる。

「おれを斃《たお》したと勘違いして、気を抜いたな」

地に伏したシュワルツヴァルトが、こうつぶやいた。

「安心しろ。メフィストにはじき会える。おれに敗《ま》けたからといって恥じることはない。シュワルツヴァルトの名は魔法界ではちと有名だ」

豹馬をあっさりと仕留めたことで、それが単なる自讃でないのは明らかだ。

だが、突然、彼はそれが恥ずかしくなった。喧嘩《けんか》自慢の餓鬼《がき》大将が、プロレスの世界チャンピオンを前にしてしまったような感情が、討伐隊長を捉《とら》えた。

「来るな……」

シュワルツヴァルトは呻《うめ》いた。小さな、低い絶叫であった。

「……近寄るな……おれが……おれでなくなってしまう……あっちへ……行ってくれ……」

自分の声を、しかし、彼はもう聞いていなかった。

数分後、通りかかった警官が、失神状態の豹馬と、祈りを捧《ささ》げるような格好で身を震わせているシュワルツヴァルトを発見し、メフィスト病院へ急送した。院長は、まだ留守であった。

2

気がつくと、可憐《かれん》な顔が覗き込んでいた。それに驚く前に、元の身体に戻ったと反射的に気づいて、思わず、

「やった！」

と叫んで自分の肩や胸に触れまくった。

現状を考察する余裕ができたのは、数秒後のことである。

「君はヌーレンブルクさんのところの——いったい、ここは？　どうなってるんだ？」

「身体、痛みませんか？」

人形娘はやさしく訊《き》いた。

「いや、全然」

と答えた途端、全身が悲鳴を上げた。ジギロの「鏡世界」から抜け出したときの「摩擦《まさつ》」が痛みという形で出たのである。

「いけません——動かないで」

人形娘がおろおろと手を伸ばしたが、フランツに触れようとはせず、

「横になっていてください。これまでのことをお話ししますから」

彼よりも、よほど落ち着いた声と口調で伝えた。

フランツは改めて周囲を見廻した。

「これは〝架空牢獄〟だな」

と言うまで、時間はかからなかった。

床も天井も壁も、峨々《がが》たる岩の隆起から出来ている。あちこちから得体の知れぬ瘴気《しょうき》が白々《しらじら》と立ち昇り、それが眼の届く限り欠けていないのを見ると、随分《ずいぶん》と広い場所であるようだ。〈新宿〉なら、どこかにありそうだが、フランツは〝架空牢獄〟と言いきった。

魔道士たちが、敵を封じ込めておくために、魔力

をもって構成する牢獄のことである。材料は純粋な思念の場合もあるし、木の枝や小石だけで作り上げる場合もある。

破獄する方法はただひとつ、かけた術師以上に強力な術しかない。

「脱《で》られます？」

フランツはかぶりを振った。

「今は無理だ。痛めつけられすぎている。まず、話を聞かせてください。耳が痛そうだけど」

どことも知れぬ場所から生じるわずかな光の下で、人形娘はキャバクラでの遭遇から話しはじめた。

フランツは顔を歪め、身悶《みもだ》えし、歯ぎしりもした。

人形娘は自分に対する淫行《いんこう》を話そうとはしなかったが、フランツは魔道士の炯眼《けいがん》でそれを見抜き、すべてを隠さず話してくれと迫った。

「君にとっても辛《つら》いだろうが、それを知らなければ、僕はまた同じ過ちを犯して、この身体を乗っ取られるかも知れない。そんなことが二度とあってはならないんだ」

骨を断つ思いの要求を、静かに聞いていた娘は、不思議と誇らしげな表情でうなずいてみせた。

数分の語りであった。

フランツは血の涙を流した。

「すまない。僕のせいだ。僕がまんまと術にかからなければ」

「そんなことありません」

と人形娘は、肩を震わせる若者の頭を抱いた。

「そんなことで泣いていては、立派な魔道士になれないわ」

「魔道士？」

フランツは苦悩に歪む顔を上げた。

「君は、そんな目に遭わせた魔道士を怨《うら》んではいないのか？」

「ええ。魔道士とは、私にとって、ガレーン・ヌーレンブルク様のことなのです。私は一度だけ死のうと思ったことがあります。ガレーン様が亡くなったときに」

沈黙が落ちた。

「――ガレーン・ヌーレンブルク……世界一の魔道士は、僕らすべての憧《あこが》れだった。どんな人なのか、聞かせてくれないか？」

「喜んで」

人形娘は微笑し、すぐに消した。

「その前に――胆試《きもだめ》しでしょうか」

立ち上がった小さな全身に力が漲《みなぎ》った。それは自分ではなく、もうひとりの若者を、生命に代えても守ろうとする決意のかがやきであった。

娘はフランツの前へ出た。

その全身に白い霧が吹きつけてきた。

娘を白く染めて、霧は四散した。

何か凄まじい現象が生じたことにフランツは気がついた。

「君――大丈夫か？」

「平気です」

静かな声が返ってきた。人形娘の顔も胸も――前面は数千本の白い針に埋もれていた。

「えい」

強く鋭く放つや、針はすべて抜け落ち、地上に触れる前に消滅した。

小さな手の平が口もとに上がった。唇は光る球《たま》を吐いた。

それを摑むや、娘は岩場の奥へと投擲《とうてき》した。

「眼を閉じて」

七色の光がその声に色彩《いろ》を付けた。光は雲のように光環を広げ、何もかも影と化してその中に溶け込む寸前、ふっと消えた。

すぐに、

「〝牢獄〟が消えた。凄いぞ！」

とフランツの声が上がった。

岩場の牢は跡形《あとかた》もなく、廃墟《はいきょ》の内部と思われるコンクリートの部屋が二人を包んでいた。

窓がないところを見ると地下らしい。

前方にくたびれた背広姿の男が立っていた。これも安ものらしいソフトを目深《まぶか》にかぶっているため、顔は見えなかった。

「大したものだ。女といえどさすが〈新宿〉の住人だな」

嘘のない賞讃は魔道の世界に生きるものの言葉だ。木が歩き、獣がしゃべる世界に生きる人間たちは、人形を、人の作ったものと見下したりはしない。それが敵といえども、だ。

「おれは第三獄四二号――シャギュア。おまえとはヌーレンブルクの家で大鴉《おおがらす》の格好で会ったが、そっちの若いのが追手のひとりとは、ついさっき知ったばかりだ」

人形娘もフランツも、内心とまどいを感じていた。男――シャギュアの声に、敵愾《てきがい》が含まれていないのだ。それどころか、親しみさえ漂っているではないか。

「天の巡り合わせで敵味方に分かれてしまったのは仕方がない。なるべく楽に死ねるよう、おれから〝誰かさん〟に頼んでやるよ。ま、その前にしてもらわにゃならないこともあるが」

「〝誰かさん〟って、どなた？」

人形娘が訊いた。この瞬間、この小さな娘は、他の誰よりも早く、戦いの本質に踏み込んだのである。

「〝誰かさん〟とおれたちは呼んでる。名前も顔も知らんのでな。おれたちを牢獄から連れ出し、この街へ行けと命じた方だ」

「その方とやらに心当たりはないのですか？」

「全く、なし」

「この街で何をなさるおつもりなのですか？」

「わからん。とりあえずは、追手を返り討ちにするしかないだろうな。金だけはふんだんに頂戴《ちょうだい》してる。遊んで暮らしたっていいんだが、それでは、その坊主の仲間と変わりなくなってしまう」

　ジャギュアが顎《あご》をしゃくった先で、フランツが上体を起こした。

「その言葉、取り消せ」

　唸るように言った。

「はン？」

　ジャギュアがソフトの縁に手を掛け、少し上げて見せた。顔の全貌《ぜんぼう》が明らかになった。

　人形娘が口もとに指を当てて、躾《しつけ》の良さを示した。フランツさえ束《つか》の間《ま》、怒りを忘れた。

　あまりにも長い顔の上に、まん丸い眼が、少女のように瞬《またた》いている。

「つぶらな瞳――ですのね」

　なぜか、人形娘の声は万事休すのそれになっている。

「おかしいかい？　おかしいよな？」

　ジャギュアはソフトを下ろした。眼は消えた。フランツは気を取り直して、

「取り消せ」

　と繰り返した。

　ジャギュアは見えないはずの位置から彼を見つめて、

「おまえだけは別らしいな」

　と言った。

「だが、他の連中への評価は変わらんな。あいつら、おれの眼から見ても堕落《だらく》しきっている。おれたちが何もしなくても、そのうち、偉大なるサタンの罰が当たるぞ」

「暴言は許さん」

　若者は立ち上がった。全身を激痛の稲妻《いなずま》が走っていると誰にもわかる。それさえも闘志と変えて、兄弟子たちへの侮辱に報わんと、彼は両手を胸前で十字に組んだ。

　同時にジャギュアの両腕も、壁でも押すかのように、手の平を立てて前方へ突き出された。

　威嚇《いかく》の言葉ひとつない。それが魔法対魔法の戦い

の挨拶《あいさつ》であった。

人形娘の眼が二人を同時に納めた。だが、彼女は魔力の戦いを見ることはできなかった。

フランツは両手を空しく下ろしてよろめいた。膝《ひざ》を崩して倒れる胸《むな》の前に人形娘が飛び込んで支えた。

その様子を眼の隅に留めて、

「怪我人に勝っても自慢にゃならねえんでな。さ、治療もしてやるから、一緒に上へ来な。シがお待ちかねだ」

「シ?」

「知らんのか。一応、どうしようもねえ囚人の集まりでもリーダーはいる。おまえたちに用があるそうだ。おい、歩けるか?」

「ああ——気にしないでくれ」

強がって人形娘から離れようとした身体は、たちまち崩壊した。もう一度、電光のように胸もとへ潜り込んだ娘がいなかったら、もろコンクリに頭を打ちつけていたに違いない。

「今のおまえは女と組んで一人前だ。だが、気にする必要はない。いつか、何もかも自分の腕だけで解決しなきゃあならないときが来る。若いとはそういうことだ」

そして、魔四二号は向きを変え、今までなかったはずのスチール・ドアへと歩きだした。

それを追って、フランツを背負った人形娘が小走りにドアを抜けた。

抜けてすぐ、曖昧《あいまい》な光がやわらかく二人を包んだ。

黄昏《たそがれ》どきだった。

人形娘の背中で、フランツが長い溜息《ためいき》をついた。〈新・伊勢丹〉の売り場で、鏡牢に封じられてから、長い時間《とき》が経《た》ったような気がしたが、まだ一日しか経っていないことに、感慨《かんがい》が湧いたのである。

光は前方の巨大な窓から射《さ》し込んでいた。

地下から出たところが、地上遥《はる》かな高みの一室だということは、窓外のパノラマからわかった。深い色の絨毯《じゅうたん》、豪華な家具調度、どこからともなく流れ巡る天上音楽、先程とは別天地であった。

窓のそばに奇妙な影がいた。

黄昏の光に挑むように眼を細め、精神を集中して、人形娘はようやくそれが、軍服《ミリタリー・ルック》に身を包んだ異様に小さな男だということに気がついた。

3

「シよ、連れてきたぞ」

ジャギュアが声をかけると、窓辺の人物がこちらを向いた。軍服マニアとしか思えない。どこの軍隊かとためつすがめつし、結局、一八世紀中葉のヨーロッパの軍隊――プロイセンかオーストリアあたりだろうと狙いをつけるのが精一杯だった。帽子も濃緑色の外套《がいとう》も将軍クラスの品だ。

「お疲れさま」

と影が応じた。小さいが派手な帽子が頭の上に乗っている。何よりも人形娘とフランツが驚いたのは、その渋い剛直な声であった。腰の後ろで組んだ両手も、妙に威厳がある。

これで小さな身体の上の顔が、愛くるしい子供のものだったら、コメディを通り越してホラーだ。

確かめる機会は次の瞬間、訪れた。シが半回転したのである。独楽《こま》のような速度であった。膝頭《ひざがしら》の位置から、皺深《しわぶか》い老人の顔が二人を見つめていた。白い眉《まゆ》の下の眼は、死者のそれのように澱《よど》んでいる。

人形娘とフランツの脳裡《のうり》に――閃《ひらめ》いた。

シ。

それは、死の意味か。

「おまえたちを連れてきたのは他でもない。あと三人の討手をある場所へおびき出してほしいのだ」

とシは切り出した。

「四人だ」

とフランツが呻いた。

「ひとりは、さっき廃人にした——と言っても、わしたちの力ではないがな。三人だ」

「誰を、だ？」

フランツの怒りに青ざめた唇から、青い言葉が吐き出された。

「シュワルツヴァルトとか言ったな、リーダーを自負している割にはだらしのない」

シは、まるで自らのミスのように苦々しく吐き捨てた。

「だが、いつもあの方の力を頼ってはいられん。幸い奴らの戦力は半分になったが、こちらはダキアがどうなったかわからん。もし捕まったのなら、あれも連れ戻さねばならん。だから坊主、おまえには電話をかけてもらう。一本きりでいい」

「ごめんだね」

シはうなずいた。

「そうこなくては面白くならん、ジャギュア、その娘を天井から吊《つ》るせ」

「よし」

さっきまでの二人に対する態度は夢だったとでもいう風に、ジャギュアは近づいてきて、人形娘の手首を摑んだ。

「あっ⁉」

と叫んだのは彼だ。

その身体が一回転して頭から床に激突した。

「ほう、日本の柔道か」

と老人が感心した。

「いえ、合気道《あいきどう》ですわ」

所詮《しょせん》は小さな人形、とジャギュアが油断していたのは確かだが、自分の倍近いフランツを背負ったまま技をかけるとは、この娘の徒《ただ》ならぬ実力を物語っていた。

「それははじめて聞く。さすが、ヌーレンブルク家の下女。見かけで判断してはならんな」

いかにも人生の黄昏を思わせるもの静かな口調

に、不気味なものがこもってきた。

「下ろしてくれ」

　人形娘の背中で、フランツが呻いた。

「いけません、そのお身体では無理です」

「君ひとりじゃ、なお無理だ」

　短く息を吐いて、フランツは小さな背から横へ跳ねた。

　着地と同時に、全身を襲う痛みによろめいた。しかし、彼はすぐ体勢を立て直し、人形娘の前に出た。

　今度はおれが庇う番だ。

「いいぞ、坊や」

　床の上で俯《うつぶ》せ状態のジャギュアが声をかけた。

「男はそうでなくちゃな。手を出すな、シよ。この坊主はおれが相手をする」

「よかろう――ただし、急げ」

「わかってるって」

　ジャギュアは立ち上がった。

「で、どうする。こちらはおれひとり。そっちは二人掛かりでも構わんが」

「僕ひとりだ」

　きっぱりと宣言した若者を、三対《つい》の眼が映《うつ》した。

　不思議と静かな雰囲気が、死闘の場を満たしていた。

　魔術妖術の戦闘ではまれにだが起こり得ることである。生身《なまみ》の肉体が醸《かも》し出す緊張を、魔術に対する立ち会い人の認識が弛緩《しかん》させてしまうのだ。

　フランツは頭の中で、文字を固めた塊《かたまり》の表面を走査《スキャン》した。イメージによる呪文の吟唱《ぎんしょう》であった。必要な文言《もんごん》を口にすれば、声に出さなくても唇の動きだけで相手に悟られ、対抗魔術で迎え撃たれる場合がある。それを瞬時の脳の活動で補うのだ。

　凄まじい揺れがジャギュアを捉えた。天も地も振動し、空気さえ同じ方向へ動いた。一室丸ごとミキサーにかけられた雰囲気だ。

──危《ヤバ》い！

と思った刹那《せつな》、天井が落ちてきた。彼の頭と肩を打った瓦礫《がれき》は幻ではなかった。数トンの重みとコンクリの硬さを、神経の絶叫が保証した。

フランツは閉じていた眼を開けると、足下《あしもと》に盛り上がった瓦礫の山を見つめた。どこから見ても本物だ。

むろん、幻覚だ。だが、幻の下敷になったジャギュアの肉体は、蟻《あり》のようにつぶれているはずだ。催眠術を深くかけると、ただの木の枝を焼けた鉄棒だと暗示にかけて押しつけただけで、実際に火ぶくれが出来る。フランツの術は、その究極なのかも知れなかった。瓦礫の幻の実在感は、その術の効果を保証するものだ。

だが、フランツは眼を細めた。幻のはずの瓦礫の表面が、震えはじめたのだ。

現実界に存在する幻は、その法則に従う場合がある。だが、いま揺れているのは幻だけだ。フランツはそのような術はかけていない。

コンクリ塊の上を小破片が滑り、転がり落ちていく。山が震えているのだ。

音もなく色彩《いろ》も欠けた力の波がフランツの眼を閉じさせた。必死にこじ開けたとき、撥《は》ねのけられた瓦礫を背景に、傷ひとつないジャギュアが、よおと声をかけてきた。

「〝幻覚法〟は及第点だ。おれでなければ、つぶされたカエルよ。だが、根本的な力がまだ足りない。どうだ、こっちへ寝返らないか？　おまえは鍛《きた》え甲斐《がい》がある。時間をかければ、大した魔道士になれるぞ」

「僕の仕事は──あんた方の討伐だ！」

フランツは右手を首の後ろに廻し、何かを摑んだような手つきのまま、ジャギュアに投げつけた。

緑色をした塊は、大人の手の平に納まるほどのサイズであったが、ジャギュアの顔面に貼《は》りついた途端に四肢が生じた。どれも短く細く、五本の指ばかりが異様に節くれだって、太く長いその先に、鋭い鉤《かぎ》状の爪を備えていた。

「使い魔だわ」

人形娘のつぶやきに応じるかのように、その生物は小さな口を開くと、ジャギュアの頭頂にかぶりついたのである。

「ほお」

とシが細い眼をやや丸くした。

ジャギュアの額《ひたい》がみるみるうちに欠けていく。緑の小鬼が貪《むさぼ》り食らっているのだった。三秒とかからず頭は消えた。つづいて胴が、足が消滅し、時間《とき》の経過も忘れたかのように見つめる三人の前から、ひとりの魔道士は完全にその姿を消してしまったのである。肉片ひとつ血の一滴も残らなかった。血が流れたのかと疑いたくなるような食いっぷりであった。

「ほお」

シが片手を顎に当てて眼を細めた。


「あのジャギュアに何もさせずに食い尽くしてしまうとは。〝操作術〟も大したものだ」

「次は——おまえだ」

若者が、颯爽《さっそう》と伸ばした指の先で、老人はうすい唇をほころばせた。

「いいとも。いつでも相手になってやろう。だが、当面の敵を片づけてからだなあ」

フランツの全身を彩《いろど》っていた闘志が、大きく揺らいだ。シの言葉の意味を悟ったのである。

彼はなお床上に留まる使い魔を見つめた。

緑色の獣には明らかな変化が生じていた。

小ぶりな全身が大きく震えていたのである。その顔が、ぎゅうと歪むや、獣は細い喉《のど》を両手で掻《か》き毟《むし》った。

いきなりその身体が前に折れた。口から噴出したものは、床に叩きつけられた。それは真紅《しんく》に染め上げられた血と肉であった。

グロテスクな前衛絵画が人の形を取るまで、まば

たきひとつで済んだ。

「大したもんだ」

とにやつくジャギュアを、フランツは呆然と眺めたが、すぐに緊張を取り戻して、両手を胸前に引きつけた。

一〇本の指がある形を描き出す前に、黄金の光のすじが、その全身を打った。

声もなく身悶える若者を、虚空《こくう》から放たれる稲妻は、容赦《ようしゃ》なく打ち抜いた。

「〝呼雷術《こらい》〟――古いが確実に仕留めるには最適な技だ」

こうつぶやくシのかたわらで、鈍《にぶ》い音と短い声とが上がった。

ジャギュアが五メートルも吹っ飛び壁に激突するのを、シは冷静な眼で見つめていた。

「いてて……」

床にへたったジャギュアの胸もとから落ちたのは、黄金の髪飾りであった。それこそ音速《マッハ》に近い速度でジャギュアの胸もとに激突した貴金属の形は無惨にひしゃげている。

立ち上がろうとせず、彼は片目を開けて犯人――人形娘を凝視《ぎょうし》した。不思議なことに、驚きの色はあるが、憎悪も怒りもない。それどころか、いま湧き上がってきた感情は――親愛ではないか。

「大したもんだぜ、お嬢ちゃん」

はっきりと、彼は微笑を浮かべていた。

「見かけは天使だが、素顔はリリスかい。このおれさまが、ちいっと油断しちまった」

「この方に近寄らないでください！」

人形娘はフランツの前に立ち、両手を広げて庇った。

必死な中にも可憐さを失わない顔から、ごそりと生気が抜けた。吹きつけた妖気が持っていったのである。

シが凝視《ぎょうし》していた。抑えに抑えていた怒りについに身を委《ゆだ》ねたものか、人形娘の瞳に映る老魔道士の姿は、真紅のオーラに包まれていた。それは天井へと噴き上げ、床と同じく果てしない炎の海を広げた。

人形娘は両手で眼を覆った。あるはずのない視神経を灼《や》かれたのである。

「邪魔だ」

と嗄《しわが》れ声がその耳に届いた。

シの右手が上がった。五指は小さな輪をつくっている。

だが、振り下ろす寸前、強烈な打撃を腰の急所に食らい、彼はのけ反った。両膝をついてから壁みたいに前へ倒れる仲間へ、

「その娘《こ》に手ぇ出すんじゃねえよ」

と起き上がったジャギュアが毒づいた。

「安心しな。おれがいる限り、こいつにゃ指一本触れさせねえ。その代わり、お嬢ちゃんもおれの役に立ってもらうぜ」

その笑顔——あくまでも愛娘《まなむすめ》を見つめる慈愛深い父のものであった。

第七章　鏡界戦

1

「お断わりいたします」

はっきりと答えた人形娘は、左手で両眼を覆《おお》っていた。

「おお、気の毒に。シの野郎、後でとっちめといてやる。とりあえず、その坊やとは別に眠ってもらおうか」

にやりと、どこか憎めない表情で笑って見せたのは、相手が人形娘だからか。

滑るように人形娘に近づく。その前に、すっくとフランツが立ちはだかった。

「おやおや、シのオーラにもやられなかったとは、な」

呆《あき》れた声音《こわね》には、感嘆の響きもあった。

フランツの顔は血の気を失い、髪の毛も服もオーラの炎で焼け焦げている。立ち方を見ても、風に吹かれただけで、膝《ひざ》を折ってしまいそうな無惨ぶりであった。

「いけません！」

前へ出ようとする人形娘の後頭部に、青年の手が触れた。こんな攻撃は予想もしていなかったのか、何の抵抗も示さず崩れ落ちた娘と青年を、ジャギュアはじっと見つめた。

「死ぬ気かい？」

「…………」

「そのお嬢ちゃんを守ってな。だがよ、おまえの仕事はおれたちの討伐だ。どっちを先にする？」

フランツの顔に困惑が揺れる前に、ジャギュアは後ろを向いた。シの呻《うめ》き声が聞こえたのだ。

フランツが待っていたのは、この瞬間だった。

頭から敵の胸もとへ突っ込んだ。魔力では勝てないと見ての肉弾戦法である。

「うおっ!?」

と吹っ飛んだジャギュアが、四、五メートルも向こうの壁にぶつかったのは、よくよくタイミングがよかったらしい。

「この餓鬼《がき》」

とジタバタ起き上がったときには、少女を肩に乗せた青年の姿は、一気に窓へと飛んでいた。

ぶつかっても、ガラスは砕けなかった。二人は空気のように通り抜けて空中に躍《おど》った。後は――落ちるだけだ。

窓辺に駆け寄ったジャギュアが眼を丸くした。ぐんぐん小さくなっていく姿を、横合いから灰色の形が包み込んだのだ。それは巨大な翼を持っていた。

「『運び屋』だ」

ジャギュアの顔は驚きよりも喜びにかがやいた。

「あの坊主――〝鳥術〟も心得てやがったのか。こらあ逸材《いつざい》だぞ」

ぐん、とひとつ羽搏《はばた》くや、青年と少女を爪《つめ》にはさんだ妖鳥は、大きく進路を変えるや〈新宿〉の中心部へと飛び去った。

それを見送り、

「やれやれ」

と髪の毛を撫《な》でつけたジャギュアの心臓を、凄《すさ》まじい痛みが貫《つらぬ》いた。

断末魔《だんまつま》としか思えぬ苦鳴を絞《しぼ》り出しながらふり向いた先で、シが右手を伸ばしていた。

「――わざと逃がしたな、ジャギュア」

その眼は怒りや憎しみよりも、決意に燃えている。裏切り者を粛清《しゅくせい》する、その一心だ。

「ああ……そうとも」

こう答えて、ジャギュアは額《ひたい》の汗を拭《ぬぐ》った。消痛の呪文を素早く唱える。

「だが、おれにも目算がある。あいつとあいつの仲間を一気に始末するやり方がな」

「人質に取って、仲間をおびき出す――そう決めたはずだぞ」

「あの二人を見て、まだそんな寝言を吐くつもりか？　あいつらがおめおめ言うことを聞くと思うのか？」

「…………」

「ありゃひとりを守るために、もうひとりが平気で死ぬだろう。どっちも人質なんて道具に使われるのを死んでも潔《いさぎよ》しとしない。なら、人質と思わせずに人質にするのが一番だ」

「おまえ――術をかけたのか？」

「いんや」

ジャギュアは右手を持ち上げた。

「下手にかければ、〝自縛心《じばくしん》〟の術で自ら心臓をストップさせかねない。操《あやつ》り人形にすることにしたよ」

「操り人形？」

シは、老齢としか映《うつ》らぬ皺《しわ》だらけの顔を歪《ゆが》めた。

「ああ、これでな」

ジャギュアは持ち上げた右手を眼の前で振った。

親指と人差し指が、何かをつまむ形を取っていたが、シの眼には何も見えなかった。


しばらく後、メフィスト病院の応接室に二人はいた。

敵のアジトを脱出してから真っすぐ兄弟子《あにでし》たちの宿泊先へ急行したが誰もおらず、シュワルツヴァルトを廃人にしたとの言葉を案内に、白い医師の下《もと》へと駆けつけたのである。

だが、彼もいなかった。救いは、受付のスタッフから、すぐ戻るからお待ちくださいと言われたことである。

「その前に、二人とも手当てをお受けください」

二人はその言葉に従った上で、蒼《あお》い光に満ちた応接室に通された。人形娘は何度も身体《からだ》に手を触れた。痛みを感じぬ身体も、物理的な力によるダメージは「感じられる」し、妖気を浴びれば澱《おり》が溜まる。何よりも眼が見えない。それが、わずか数秒のマッサージとひと口の水薬であっさり治癒してしまったのである。それはフランツも同じらしく、肩や腰やこめかみを何度もいじって、首を傾《かし》げている。投薬もマッサージも平凡な医師の担当であった。

「さすがはドクター・メフィスト。こんな整体術は、ファウスト魔術校の訓練所にもありません」

「ドイツの方なのにドクトルとお呼びにならないのですか？」

「ドクターです」

「まあ、強情な」

「君こそ」

相手を守るために生命《いのち》を懸《か》けて闘った者同士が、おかしなことで言い争いになったところへ、ドアが開いて、まばゆいばかりの人影を招き入れた。

「ご無事でしたか、ドクトル」

人形娘である。

「ドクター」

フランツも負けていない。

またにらみ合う二人へ、

「沼の底は寒くてな。しかも一度は死んだ身で、体内には敵の片割れがいる。出るのに骨が折れた」

と白い院長は言った。近所への散歩から帰ったような口ぶりであった。

〈御苑〉での状況を考えると、無事なのが奇蹟《きせき》だが、フランツは怪しもうともしない。この兄弟子ならば奇蹟くらいいくつも生み出すと信じているのである。

「牢囚たちの隠れ家を見つけました。急襲しようと兄弟子たちを捜《さが》しているのですが、みんな見つかりません」

「シュワルツヴァルトは当院にいる」

メフィストは静かに言った。

「完璧《かんぺき》な廃人になってな」

二人は顔を見合わせた。

「敵から聞きました。ですが、兄弟子を斃《たお》したのは、牢囚たちではありません。彼らを脱獄させた連中です」

言い終えぬうちに、異様な気に打たれてフランツは身震いをこらえた。

「ほう。ついに」

メフィストがこう言った途端、鬼気は消えた。

「名前も正体もわかりません。ですが、シは〝あの方〟、ジャギュアは〝誰かさん〟と呼んでいました。それから、彼に〈新宿〉へ行けと命じられたとも」

「〈新宿〉で何をする？」

ふたたび、鬼気がフランツを捉《とら》えた。今度こそ、彼は身震いした。

「いや、つまらん問いだ」

メフィストは蒼い光に溶け込んで白影のように見えた。

「何かをしでかす前に、殲滅《せんめつ》してしまえば済む。それにはどうするのが最高の手段だね、フランツ？」

「は、はい」

青年は硬直した。

「彼らをまとめて処分することです」

「そのとおりだ。まずは、アジトへ急ごう」

「はい」

大きくうなずきながら、フランツは急に口ごもり、決まりが悪そうに、

「あの――ドクター、あなたは、まだダキアの分身が」

人形娘が、はっと眼を見開いた。彼女は聞かされていなかったのだ。

「そうだ――まだここにいる」

メフィストは片手を胸に当てて、少年を見た。

「気になるか？」

「はい」

「不安かね？」

「いえ」

きっぱりとかぶりを振った。常識で考えれば、メフィストの体内には敵の魂が潜り込んでいるのだ。彼がどう言おうと、信用できる存在ではなかった。

だが、その美貌《びぼう》と姿を見ただけで、青年の胸からはそんな疑惑が吹っ飛んでしまう。彼はファウスト

魔術校が生んだ最大最高の天才であり、数千年を閲《けみ》しているとされる大校長ドクトル・ファウストさえも、時折、畏敬《いけい》の念さえ込めて後進に語る至高のきら星であった。

　たかが、牢囚ごときの術くらい、造作《ぞうさ》なく撥《は》ね返せる。無事に姿を見せたのがその証拠だ。

「僕たちだけで？」

「いや、ドクトル・バイヤンもドクトル・バイユも、ドクトル・元唱林も来る」

　フランツの顔は二度変わった。驚きから不安へ。

「どこにいるんです？」

「ここだ。全員、目下、治療を受けている」

　美青年の不安の相が濃くなった。

「こういうことだ」

　とメフィストが説明をはじめた。患者に対する以外、この医師が他人のために何かするなど奇蹟に近い。

　メフィストが病院へ戻る少し前に、〈風林会館〉裏のキャバクラ「ラブド・ワン」から、〈新宿〉の敵が二人いると連絡が入った。この時点で病院はメフィストは不在と告げ、前もって教えられていた兄弟子たちへ連絡を取った。

　急行したメフィストが見たものは、首を一八〇度回転させて床にへたり込んだ「ラブド・ワン」の店長と、ベッドに横たわったミーシャと、右胸から血をしたたらせながらも壁にもたれて立つ元唱林、そして自動拳銃を手に三人を威嚇《いかく》するドクトル・ゾルタン・バイユであった。

「何が起きたのです？」

　自分が捕らわれの身の間の出来事だから、フランツが好奇に眼を光らせるのも当然だ。

「店長以外の話を総合すると、こうだ」

　メフィスト病院からの連絡を受けて「ラブド・ワン」に急行する途中、ミーシャに殺害された黒木なる人物の死霊《しりょう》に遭遇した元唱林は、それに憑《つ》かれたままに「ラブド・ワン」へ向かい、これも途中で連絡を取ったドクトル・バイユを店外で待機させ、単身乗り込んだ。

ミーシャに憑依《ひょうい》した牢囚ダキアに転依された店長に射《う》たれたものの、間一髪《かんいっぱつ》、拳銃を奪ってその首をへし折れたのは、その寸前ドクトル・バイユが駆けつけたおかげでもあった。

全員を病院へと搬送するよう連絡し、メフィストも病院へと戻った。廃人と化したシュワルツヴァルトと豹馬が運び込まれたとの連絡が入ったからである。

話し終えるのを待っていたように、ミーシャ・バイヤンと元唱林、ゾルタン・バイユがやって来た。

平然としている元唱林へ、

「大丈夫なのですか？」

フランツは思わず訊《き》いてしまった。たった今、射たれたと聞かされたばかりである。

中国の大先輩は、軽く右胸を叩《たた》いて、

「さすがだな、メフィスト。これもファウスト先生の指導になる技術か」

「さて」

とメフィストは静かに微笑して、兄弟子たちを陶然《とうぜん》とさせた。

「敵のアジトはそこの優秀な弟弟子が摑《つか》んでまいりました。最早手遅れかも知れませんが、とりあえず」

「もちろんだ」

とドクトル・バイユが大きくうなずいてみせた。

これから人形娘を除いた五人は、魔囚たちの隠れ家へ向かうだろう。

だが、ミーシャの内部にいた二人分のダキアはキャバクラの店長に憑依した後、どうなったものか？　はたして、まとめて店長に乗り移ったのか？　いや、それは片方のみで、一人分はなおもミーシャの内部に残っているとしたら？　さらに、店長から別の誰かに憑依した可能性はないのか？

いや、何よりも、メフィストの内部にいる〝三分身〟のひとりは、消滅したものか？

すべての問いの答えが否《いな》だとしたら、彼らは三人の敵とともに死地へ赴《おもむ》くに等しいではないか。

あらゆる病巣を見抜く眼は、それを心得ているのか、〈魔界医師〉よ。

2

フランツが案内した場所は、〈須賀町《すがちょう》〉の住宅街に立つ、廃屋ともいうべきマンションであった。

「案内します」

頭を振ってから、真っ先に玄関へ向かおうとするフランツの肩に、メフィストの手が掛かった。

怪訝《けげん》そうにふり向く美貌へ、

「丹田《たんでん》に力を入れていけ」

「あ」

意図がわからず、返事も曖昧《あいまい》になった。

「あれは人形だ」

血も凍る思いで、フランツは白い兄弟子を見つめた。

メフィストのロールス＝ロイスに揺られている間、緊張の合間にふっと白い貌《かお》が忍び込んできた。病院の玄関でふり向いたとき、小さなドレス姿がこちらを見つめていた。泣いているのかと思い、フランツは否定した。人形が泣くはずはないのであった。

だが、可憐《かれん》な貌はひっきりなしに現われ、そのたびに頭を振っては消し、消しては現われ、フランツは本気で怯《おび》えた。自分の精神《こころ》ではなく、偉大なる兄弟子たちに、それを知られることに。

恐怖は現実になったらしい。ドクター・メフィストの姿を借りて。

もうひとつ、大きく頭を振って、フランツはマンションの玄関へと駆け込んだ。

だが、窓から脱出した際に記憶しておいた一五階の部屋は、裳脱《もぬ》けの殻《から》であった。

フランツが飛び込もうとするのを押さえて、メフィストが足を踏み入れた。これは学年順である。

「いないぞ」

「他を見てくる」

「一緒に行くわ」

「おれも」

と他の兄弟子が出ていくと、メフィストは残るフランツへ、

「君も行け」

と命じた。

「――でも」

「兄弟子に逆《さか》らうのは、ファウスト学舎、最大のご法度《はっと》だぞ」

「――はい」

うなだれて部屋を出る後ろ姿からすぐ眼を離し、メフィストはもう一度室内を見廻《みまわ》した。

その網膜に確かに今までなかったかがやきが灼《や》きついたとき、完璧な黄金率を誇る姿は、わずかにバランスを崩した。

不可思議な予感に背を押されたフランツが戻ってきたのは、その数秒後のことである。

「あれ？」

子供っぽい驚きの声が、天才魔道士の唇から迸《ほとばし》った。

彼の眼は壁を、床を、天井を映し、もう一度、壁に戻った。

人間の顔をデフォルメした抽象画が掛かっている。

このとき、ある記憶が甦《よみがえ》った。

フランツは額《がく》を壁から外して、歪んだ顔を凝視した。

それから、額を床へ置き、兄弟子たちの名を呼びながら部屋を飛び出していった。

おびただしいメフィストが周囲を囲んでいた。

「鏡の中か」

とメフィストがつぶやいた。あらゆるメフィストが。

鏡の中と彼は言ったが、それが正しければ、どれほどの数が、どのように配置されているものか、メフィストは垂直に、斜めに、逆しまに、あらゆる位置にあらゆる角度で立っているのだった。

どれが実体であるにせよ、これでは自らの影に気を取られて、他の何物にも意識の向けようがあるまい。それどころか、やがて幻惑感は恐怖へと転じ、さらには見る者を狂気へと導くに違いない。

その証拠に、どのメフィストが口を開いたもののか。

「自分しかいない世界がこれほど不気味とは、な」

だが、不気味とは言いつつ、これほど無感情な声も珍しい。いや、いや、いや、ひょっとしたら、天の高みにいるとされる存在だけは、声の底に漂う歓喜を読み取れたかも知れぬ。

変化はその瞬間に生じた。

かすかな破壊音が鳴った。

あらゆるメフィストの姿に蜘蛛《くも》の巣状のひび割れが生じた。

ああ、メフィストが砕けていく。千を数え、万を数え、いや、世界を埋める兆のメフィストが砕け散らねばならないのだ。

そして、ひとりだけが残った。

「来ぬのか？」

と彼は、ひとりきりの世界で誰かに呼びかけた。

「来なければ、こちらから行くぞ。〝鏡王《かがみおう》〟ジギロよ」

返事はすぐあった。

「ほお、おれの名を知っていたか」

声は動揺ではなく、感心を示した。

「第三獄囚とは知らなかったが、術と名は歴史に残っている。他の獄囚たちはどこに消えた？」

返事はなかった。殺気と不気味さに満ちた問いが、

「来る、と言ったか？」

この世界では、音も鏡の原理に支配されるのか、声はあらゆる方向からあらゆる角度でやって来た。のみならず、反響に反響を重ね、並みの人間の耳には声とさえ認識不可能なものとなっていたのである。

そして、声は笑った。ああ、これを聞く者はみな狂え。

「あの小僧を捕らえ、幽閉しておいたものを、どうやら〝あの方〟がおれたちには理解できぬ深い企てをもって、解放なされたらしい。おれは酒場の用心棒にだらしなくも倒されて、夢うつつのうちに〝あの方〟から、ここでおまえたちを迎え撃てと命じられた。よかろう。ドクトル・ファウスト学舎の精鋭よ。〝鏡王〟ジギロが相手になってやる。ただし、おれの世界でな」

メフィストの前方——五メートルほどの空間に亀裂が生じた。ここでは空間も鏡なのである。

砕けた。

数千の破片となって落《らっ》——下《か》はしなかった。

それはきらきらとかがやく風と化したのである。

風はメフィストへと吹いた。

そして、吹き抜けたとき、白い医師の全身は、おびただしい光片に覆われていた。

美貌と美身を貫いたガラス片は、すべて彼の姿を映していた。

メフィストが軽く頭を振った。凶器はことごとく足下に落ち、世界は闇に閉ざされた。

「おれの世界でも、傷はつかぬか。さすがはファウストが自慢するだけはある。おれはここにいるぞ。言葉どおり、来るがいい」

声が消えると、沈黙のメフィストが残った。

ジギロの潜《ひそ》むことはどこなのか？　その前に、メフィストのいるここは？

いま暗黒に閉ざされてはいるが、鏡の世界ともいうべき場所なのは明らかだ。敵は静かにそこで待

つ。

見ず知らずの異郷で、どう戦うか、メフィストよ。

声が消えると同時に、メフィストは前進を開始した。

真っすぐに一〇メートルほど進むと、足を止め、前方に手を伸ばした。手の平に触れる感触は、確かに金属とは異なる硬質の滑《なめ》らかさを保っていた。

「鏡か」

メフィストの右手から光るものが現われた。細いメスである。骨まで断てる品ではないが、ドクター・メフィストの手にかかれば、どのような能力《ちから》を発揮するか、ジギロは知っていただろうか。

メスはかがやいた。光の一点もない闇世《やみよ》で、それはメフィストの美貌を映したのだ、メフィスト自体が光を放っているかのように。

彼はその刃面《はめん》を前方に向けた。

忽然《こつぜん》と浮き上がったものは、球面と思《おぼ》しい壁とその間を走る通路であった。

刃はさらに動いた。

すると、刃面に映る光景がそのたびに変わっていったのである。いや、眼前のものまでが。

それは何度目の動きであったろうか。

刃面とは異なり、変化を見せなかった前方の光景が、ふっと歪むや、棒立ちになった男の姿を浮かび上がらせたのである。平凡な服装《みなり》ではあるが、その顔つき眼光は人間以外の血脈を伝えている。

「ジギロよ、来たぞ」

言うなり、メフィストの右手が閃《ひらめ》いた。

ジギロの顔面に光るものが生《は》えた。メスである。

彼はそれを摑んだが、細い器具は抜けなかった。それのみか――

ジギロの右手に渾身《こんしん》の力が加わった。抜こうとしているのではない。止めようとしているのだ。ゆっくりと下がりはじめたメスを⁉

「あ……ああ……ああ」

喘《あえ》ぎとも呻《うめ》きともつかぬ声がその口から流れはじめた。

これは麻酔なしの外科手術か。メスはその眉間《みけん》を裂き、鼻梁《びりょう》も唇も縦《たて》に割った。ついに顎《あご》を断ち、頸部《けいぶ》にさしかかったところで、ジギロは絶叫を放った。力が尽きたのだ。皮膚と肉のみを切開すべき細いメスに、ドクター・メフィストの力が宿ったとき、何が生じたか。

それは一気に股間《こかん》まで、骨さえも両断してのけたのだ。

当事者にしか見えぬ鏡中界で、血の霧が奔騰《ほんとう》した。崩れ落ちるジギロの身体は、人間の姿を留めていなかった。

勝負はついた。

だが、メフィストはつぶやくように言った。

「虚実の区別がまだつかん。聞こえるか?」

「おお」

と応じた。

前方にジギロが立っていた。

「おれの国ではおれは不死者だ。ファウスト学舎で学ばなかったか?」

「なぜ、牢囚になった?」

メフィストが尋ねたのは、次の攻撃の手段を考え出す間《ま》のためか。

「知らんのか?」

「少々のことは」

「おれたちが、学舎出身というのは、わかっているか?」

「私がうなずけるのは、おまえに関してのみだ」

「では、覚えておけ。全員、才能と素質には溢《あふ》れていたが、ドクトル・ファウストも手綱《たづな》を御しきれぬ暴れん坊の不良生徒だったという説は?」

「妄説だ」

「そのとおり。どんな無法者でも、無頼漢《ぶらいかん》でも、ことこの世において、ドクトル・ファウストに逆らえる者などおらん。おれたちもそうだった。多少の反抗心など、その姿をひと目見ただけで霧消しちまったよ。あそこへ入りゃ、誰でも優等生にならざるを得ない。校則のひとつでも犯そうものなら、次の日には行方不明が待っている――そうだったろうが。おれたちもだから、一心不乱に魔術を学んで日を過ごしていった。そんなある日、あの忌《い》まわしい手紙が届いたのだ」

3

沈黙が深まった。

「その辺は知らんだろうな。手紙といっても、便箋《びんせん》が封筒に入って切手を貼《は》ったあれじゃない。外からの連絡に制限はなかったが、おかしな内容だったら、絶対にドクトル・ファウストの眼に留まり、差し出し人も受け取る方も何らかの処分を受けていたはずだ。あの恐ろしい処分をな」

それを思い出しでもしたものか、ジギロの細い肩が、ぶるっ、と震えた。

「それが見つからなかったことでも、差し出し人の力がわかるだろう。あのドクトル・ファウストがおめおめと見逃しちまったんだぜ。あのドクトル・ファウストがよ」

「どうやって届いた？」

「ああ、『神秘数学』の教科書の一頁《ページ》が丸々、おれたちへの便箋に化けてたのさ。印刷してある書体も行数も教科書と瓜《うり》ふたつだったが、そんなことはどうにでもなる。おれたちが死ぬほど驚いたのは、何千回でも繰《く》り返すが、ドクトル・ファウストの眼を盗んで届けられたことだ。それを読んじまった瞬間、おれたちは行方不明を覚悟した。どこのどいつがこんな真似を、とまず差し出し人を呪ったよ。だが、何も起こらなかった」

「なぜ、読みきった？」

「仕方がねえ。凝集《ぎょうしゅう》文字だったんだ」

最初の一文字を眼に入れた刹那《せつな》、以下の文章すべてが脳細胞に記憶される〝情報凝集術〟は、魔術の高級技法のひとつだ。

「読み終えた瞬間、頁はもとの数式に戻った。で、その内容だが」

　ジギロは探るような眼つきでメフィストを――顔だけ除いて――ねめつけた。

「何も起こさず学校を卒業しろ。その後で自分の指揮下に入れと書いてあった。それだけだ。名前も素《す》姓《じょう》もわからねえ。それは今も同じだ」

「今も？」

「おれたちをあの薄気味悪い〝永久牢獄〟から出してくれた存在と、その手紙の差し出し人とが同一人物かどうか。おれたちの誰も知らん」

「ファウスト師に知らせなかったわけは？」

「ファウスト魔術校優等生のものとは思えねえ愚問だな。手紙に封じ込められていたのがインク文字だと思うかい？　文字は書き手の意思を伝えるという意味で、書き手の分身だ。そこには自分に従うべきとのメッセージが、当時のおれたちでは遮《さえぎ》りようのない力《パワー》もろとも託されていたんだ」

「ドクトル・ファウストの〝魔法眼〟も及ばぬ力か」

　メフィストは沈黙を選んだ。これは怖い。それに挑むかのように、

「おれたちは、その文面どおり、至極《しごく》真面目に授業を受け、卒業した。あの年度だけ、最優秀メダルの該当者《がいとうしゃ》がなかったのは、どんぐりの背比べだったからじゃねえ。おれたち四人の成績が他の連中と天と地ほども違ってたくせに、おれたちの間にゃ、一点の差もなかったせいよ。つまり、四人全員〝完璧点〟だったのさ」

「それについては聞いている。〝ファウスト魔術校・七奇蹟〟のひとつだ」

「卒業式当日、おれたちは内心、あるかなきかの不安に苛《さいな》まれていた。これぱかりは他のでくの坊と同じだった。これからどうなる？　――未来への不

安さ。だが、心配は要《い》らなかった。その日、真っ先に名前を呼ばれたおれたちは、卒業証書とメダルを手にすぐ校長室へ来るようにとのアナウンスを聞いた。そして、校長室へ入るや、ひとりずつドクトル・ファウストの握手を受け――気がつくと牢獄の内側《なか》にいた」

「…………」

「むろん、ぶち込んだのはドクトル・ファウストさ。後で獄長から拘留《こうりゅう》理由を聞かされた」

〝この四名、我が下《もと》で魔術を学べども、その身体《しんたい》内の邪《よこしま》さ直らず。世に出すにははなはだ危険大として、当牢内に永久拘留を命じるものなり。

ドクトル・ファウスト〟

と書面にはあった。そして、四人は特別房に収監され、長い長い第三獄囚としての生活が始まったのである。

「おれたちが、牢獄にふさわしい存在になったのは、それからさ」

当時、第三牢獄には一〇〇人近い囚人がいた。いずれもその魔術の実力ではトップを譲らぬ天をも恐れぬ魔道のはぐれ者たちであったが、全員がそうなら実力はすぐに知れる。四人が入った当時、いわゆる牢名主としてピラミッド上の身分構成《ヒエラルキー》のトップに君臨していたのは、奇《く》しくも同じ四人の魔道士たちであった。彼らは新しい四人がやって来たその日に消えた。

牢獄内での特権も彼らの精神的荒廃に歯止めをかけることはできなかった。

ドクトル・ファウストの魔力が支配する牢獄からは、彼らの術をもってしても脱獄は不可能であった。明日のない生活は四人を荒《すさ》ませ、狂気へと追いやっていった。

師に会わせろと要求しても叶《かな》えられることはなく、収牢に納得できぬ精神の焦りと狂奔《きょうほん》は、四人を悪鬼へと変えていった。その決定的要因のひとつが――

「また、手紙が来たのさ。正直、ドクトル・ファウストがすべての黒幕じゃねえかと思ったぜ。房の石壁にゃ、歴代の入牢者の怨《うら》みごとが連綿と刻まれていたんだが、入牢して四五〇年後の冬の朝、その一部がこう変わってたのさ」

〝これから五〇年、次のカリキュラムに従って、魔道を極《きわ》めよ。さらば、新たなる境遇が諸氏を迎えるであろう〟

　壁一面に刻み込まれた授業内容は、人間性からの完璧な別離を覚悟しなければ、到底、修得不可能な邪悪なものばかりであったが、四人は即座に同意を決心した。新たなる境遇というひとことに魅《ひ》かれたのである。四人にとっては生命よりも自由の身であった。

　新たな五〇年のうちに、四人たちの数は十分の一に減った。〝魔道を極め〟るべく、彼らが手を下したのだ。すべては魔術の生け贄《にえ》であった。牢内には夜ごと不気味な獣の影がうろつき、運動場の一角では秘戯《サバト》の灯《ひ》が点《とも》り、翌日、タール状の血痕が残って、血と硫黄《いおう》の臭いがいつまでも消えなかった。

「後はおまえも知ってるだろ。おれたちは〝誰かさん〟とか〝あの方〟とか呼んでる、そいつが約束を守ったのさ」

「この街で何をするつもりだ？　追手を返り討ちにするだけか？」

「そいつはおれたちにもわからねえ。今のところ、何の指示もねえんでな」

「事情はわかった。感謝する」

「なんのなんの」

　微笑で応じたジギロの周囲に白い線が無造作《むぞうさ》に走った。メフィストが頭上めがけてメスを放ったのである。

「おお」

　線はみるみる間に世界を白く変え、次の瞬間、世界は音もなく崩れ落ちた。

「残念だったな、メフィストよ」

白い医師の周囲で、無数の声が斉唱した。

それだけの数のジギロが、

「この世界で、おれは王だと言ったはずだぞ。いくらおまえでも、この内側に取り込まれている限り、世界には傷ひとつつけられん。逆に、これはどうだ⁉」

千万のジギロが一点を向いた。現われ方からして、通路があるに違いない。その白い影を見て、

「ほお」

とメフィストは洩《も》らした。

そこにいるのは、ドクター・メフィスト自身であった。ただ、その顔も外見もプロポーションは歪み狂い、眉はげじげじ、鼻は団子でひん曲がり、タラコそっくりの唇は血の気を失っている。

これは歪みねじくれたドクター・メフィストの姿であった。

誰よりも自らの美貌に自負と誇りを抱いているドクター・メフィストに、これこそは最大の攻撃であったろう。

「断わっておくが、それはおまえ自身だ。どうだ、自分を保っていられるか、メフィストよ？　放っておけば、それはおまえもろとも滅び去る。超小型の核爆弾を携帯しているからだ。おれは痛くも痒《かゆ》くもないが」

メフィストの右手が上がった。

無駄なあがきを、と憐《あわれ》みを込めてジギロは笑い、次の瞬間、低く呻いて右の眼を押さえた。

「やった⁉」

フランツが拳《こぶし》を振り下ろして、額の絵を見つめた。

絵の右眼には、細い柄《え》から刀身に到るまで古代呪文が刻印されたマジック・ナイフが突き刺さっていた。

呼吸《いき》をつぐより早く、世界は暗転し、フランツの周囲を無数のフランツが駆け巡った。

眼を閉じる必要はなかった。

一瞬のうちに幻は消失し、よろめく人影が床に倒れたのである。右眼を覆った手が外れ、鮮血がこぼれた。

「ジギロ!?」

右手で防禦印を描きつつ後じさった少年は、魔囚の背後に立つ白い人物に気がついた。

「ドクター・メフィスト!?　やっぱり、鏡中界に!?」

「何とか脱出できた。君のおかげだな」

白い医師は足下でこと切れた魔道士を見下ろした。

「どうやったね?」

「以前、僕がこいつの世界に幽閉されたのが、鏡に映った奴の姿を見た瞬間だったのです。ですが、ドクターが消えた部屋には鏡がなく、この額だけがありました。額に描かれた顔の眼は光を放っておりました。そこには、ドクターではなく、奴の姿が映っていたに違いありません。ドクターを吸い込んだのは、間違いなくこれだと思いました。それで眼を——」

メフィストはひとつ小さくうなずいてから、

「そのとおりだ。よくやった。　年分のメフィスト病院無料入院券を進呈しよう」

「ありがとうございます」

冗談としか思えないやりとりだが、少なくとも偉大なる先輩の言葉に、少年はいささかの疑いも抱いてはいない。

「他の兄弟子たちは?」

メフィストは室内を見廻した。

「呼びに行ったのですが、みな姿が見えません」

フランツはひとりで、メフィストを救うべく戦ったのである。

「ひとりは斃した。あと三人——いや、破獄させた張本人を入れて、なお四人」

　メフィストは静かに青年を見つめた。唇を一文字に結んだ決死の表情がそれを受けた。

第八章　破滅への道標《みちしるべ》

1

ミーシャは、フランツが案内した部屋の階を担当した。

廊下の端の部屋へ入るとすぐ、

――ダキアよ
と呼びかける声が聞こえた。

奴が!? と驚愕《きょうがく》と緊張が交錯《こうさく》したのは一瞬、それが自分に向けられたものだとミーシャは理解した。

――まだ女の内部《なか》に残っているな。新しい任務を伝える
「どこにいる?」

ミーシャは豹《ひょう》のような眼で室内を走査《スキャン》した。

「出てらっしゃいな。おかしな世迷《よま》い言《ごと》をぬかす前に、片をつけてあげる」

ふと、意識した。これは頭の中で考えたことだ。

では――本当の声は?

「わかりました。謹《つつし》んで伺《うかが》います」

元唱林は一階下のフロアを調べるつもりであった。

エレベーターに最も近い部屋に近づくと、彼はある呪文を唱《とな》えた。

もうひとりの元唱林が本体から分離して、ドアを通り抜けたのは数秒の後であった。

元唱林の得意技〝分身の法〟である。

室内へ入ると同時に、声が聞こえた。

――ダキアよ、まだ彼の中に入っているな。新しい任務を伝える
「何者だ!?」

と元唱林は絶叫した。

「貴様が元凶か。姿を見せろ!」

こう叫んだのは〈分身〉の方であった。

ドアの外に立つ〈本体〉は、

「承知いたしました」

とうなずいた。どうやら「フブド・ワン」で首をへし折られた店長から、乗り移っていたらしい。

ドクトル・ゾルタン・バイュは、中層階を捜索した。

廊下に立つと、その唇から低い呪文がこぼれた。

すると短い白髪が糸のように伸びて、廊下の左右に並ぶドアへと漂い、その隙間《すきま》から室内へ吸い込まれた。

髪の毛の触れたものを遠方で感知する〝髪電信〟の術である。

一斉《いっせい》にこう返ってきた。

――よく来た。ここで死ぬがよい
バイユの動きは早かった。

全身を〝防禦の壁〟で包むと同時に、髪の毛に精神エネルギーを送り込み、それを熱に変えて爆発させた。

ドアというドアを押し倒して、炎塊が廊下へ走り出してくる。

一万度近い熱を、〝防禦の壁〟はびくともせずに撥《は》ね返した。

その耳に直接――

――単純すぎるな、それでは子供も殺せまい
「貴様――牢囚どもを脱獄させた奴だな。名乗れ」

――いいのか？

「…………」

――よかろう。耳を澄ませ
荒れ狂う炎の中で、どんな名が名乗られたのか。

ゾルタン・バイユの眼は限界まで見開かれた。

「な……なぜだ？」

彼は急にすべてが無駄と悟った。その名を聞いた今となっては、完璧な〝防禦の壁〟など、あまりに無意味だった。

やがて、メフィストとフランツは、三人と死闘の

間で邂逅《かいこう》した。

「もうここには誰もいないようね」

ミーシャの結論に、他の二人も同意した。

「でも、ジギロがドクター・メフィストを狙って斃《たお》されました。他にも――」

異を唱えるフランツを止めたのは、白い医師であった。

「兄弟子たちの言葉に間違いはあるまい。出よう」

三〇分後、一同はメフィスト病院へ戻った。敵を攻撃するにせよ、迎え撃つにせよ、ここが最高の場所だ、とメフィストが誘ったのである。

「それでは他の患者さんに迷惑が」

と顔色を変えるフランツへ、

「分院へ入っていただく」

と白い医師は事もなげに返した。

一同は裏口から入り、二分ほど歩いた。

その間、ひと気のない白い廊下は果てしない直線に見えたり、ねじ曲がり、枝分かれし、フランツが気がつくと天井を歩いていた。位置の変化を自分たちに悟らせないこの現象に、三人の兄弟子たちも顔を見合わせた。

廊下の端にはガラスの扉があり、そこを抜けると分院であった。

「ここは？」

元唱林が呆気《あっけ》に取られたような叫びを上げ、すぐに納得顔になった。

魔術をもってすれば、不可思議な現象とはいえなかった。

広大な敷地は一〇〇〇坪を軽く超え、その中央にそびえる白亜の建物は瞬《まばた》きするたびに、その階数を変えた。

「ここはどこだね、メフィスト」

ゾルタン・バイユの問いに、

「病院内です」

それで質疑応答は終わった。ひとつの空間の中に別の空間を生じさせるのは、高等技術とはいえ、メフィストと兄弟子たちなら、造作なくやってのけられる魔術の一階梯《かいてい》であった。

　建物のエントランスに白衣の医師と看護師たちが並び、兄弟子とフランツを部屋へと導いた。

「では、後ほど」

　メフィストがどこにあるとも知れぬ院長室へ戻ると、黒檀《こくたん》の机の向こうに白髪白髯《はくぜん》の老人が腰を下ろして、石をくり貫《ぬ》いた酒瓶《さかびん》を傾けていた。ラッパ飲みである。

「これはファウスト先生」

　声をかけると老人は酒瓶を机に戻し、片手の甲《こう》で唇を拭《ぬぐ》った。形容しがたい美香が室内に満ちた。

「お知らせいただければ、諸兄ともどもお出迎えに――」

「よいよい」

　老人は片手を振ってから、ひっくと洩《も》らした。


　明らかに外国人――ドイツ訛《なま》りだが、流暢《りゅうちょう》な日本語だった。ただし、酔っている。着ているものは、よれよれの作務衣《さむえ》であった。もちろん、メイド・イン・ジャパンだ。

「連中は宿へ入ったか？」

　と上の方へ顔を向けたのは、分院の件も承知の上らしい。

「はい」

「よし。随分《ずいぶん》と苦労しているらしいな。わしが手塩にかけた優等生でも、長年、俗事にまみれていれば、魔術も錆《さ》びつく。まだ生き残っておるのが不思議なくらいじゃ」

「死なせるおつもりで、派遣されましたか？」

「予想はついておったよ」

　老人は、酔っ払いの晴れやかな声で言った。

「何のためにです？」

「じきにわかる。少なくともおまえにだけは、な」

「フランツも死なせるおつもりですか？」

「誤解は禁物だぞ、メフィスト」

ファウストは笑みを深くした。

「わしは可愛《かわい》い弟子をひとりとして、使い捨てになどするつもりはない。選択にはそれなりの理由がちゃんとあるのだ」

「牢囚たちの実力は恐るべきものがあります。このままいけば、途中で全員死亡の通知を先生に送らなければなりません。悪い道楽は、もうおやめになりませんか？」

「道楽？」

「左様《さよう》で」

メフィストの声も所作も偉大なる師への尊敬と畏《い》怖《ふ》に満ちている。だが、このやりとりはどこかでぶつかる。爆発する。その恐ろしさを知っているのは当の二人のみであった。

「時折、先生は生徒の生命《いのち》を毬《まり》のように弄《もてあそ》びなさる。今回もそれではありませんか？」

「それは言い掛かりだぞ、メフィストよ」


「仰《おお》せのとおりです。師よ、私には特待生として、〝許すまじき問い〟を先生に対して放つ権利を有しております」

「わかっている」

「それを行使したいと思います。まず、牢囚どもに破獄させたのは、先生ではありませんか？」

「何のためにだ？」

「それをご存じなのは、神と先生のみで」

「推理しろ。いや、その前にわしが黒幕だという理《わ》由《け》を話せ」

「牢囚どもを解放できる者は、先生おひとりです」

「ふむ」

ファウストは俯《うつむ》いた。図星《ずぼし》の証拠である。学舎での講義中、彼の質問に正答したものは、この動作の後で、必ず身体の一部を失い、保健室へ駆け込んでは、つけてもらうのであった。

「で？」

「牢囚たちが〈新宿〉へ行けと命じられたのが、謎の鍵《かぎ》となります。先生は〈新宿〉で討手《うつて》を迎え撃てと命じられた。戦いはお互いの死で終わるでしょう。それでも最後のひとりは残る。その男に〈新宿〉の何をおまかせになるのです、我が師よ？」

師と先生をメフィストは使い分けてはいない。彼の癖である。

「じきにわかる」

「ならば、あなたは不要な生きものです」

メフィストはこのときまで、両手をケープの内側《なか》に入れていた。

手は出てこなかった。

肌色の何かが宙を飛び、ファウストの顔面に吸いついた。いや、貼《は》りついたのである。それは人間の顔から剝《は》ぎ取った肉の面であった。

「三日前に死亡した死刑囚の肌でこしらえた肉面でございます。その罪は、ベルギーの小学校へ侵入し、巧みな話術で全校生徒に殺し合いをさせたことでした。先生、不肖《ふしよう》の弟子を始末するよう、肉面にお命じください」

「メフィストを斃せ」

何のタイムラグもない、打てば響くファウストの反応であった。

一秒――不気味な女の嗄《しわが》れ声が、

「ねえ、ドクター、死の国を見たことがある？」

と訊いた。

2

「女囚か」

肉面の下から、皺深《しわぶか》い声がした。

「なるほど、わしに被《かぶ》せて戦いやすくするつもりか。この腐女子《ふじよし》め、というわけだな」

「そのような」

メフィストは即座に否定したが、微妙なところである。

「わしに先にかからせるとは――よほど、自信をつけたとみえる。過信でないことを祈るぞ」

「その肉面をつけて、意思を乗っ取られなかった魔道士はおりません。我が師はやはり偉大ですな」

「いつから、見くびる癖をつけた？」

老人の顔が突如《とつじょ》、美女のそれに変わった。

「その癖、治療してさしあげるわ。まず、無礼な言葉の元を断ちましょう。その舌をお切りなさいな、ドクター」

美女と言うが、言うのはたやすい。老人の顔に貼りついた美女の肉面は、妖《あや》しく美しく悩ましく、どんな克己心《こっきしん》に富んだ人間でも、ひと目見ただけで魂まで溶かされてしまうように思われた。

だが、まさか、ドクター・メフィストが。

彼は右手を顔の方へ持っていった。指の間から光るものが生《は》えている。

メスの刃は唇の位置に達した。

「その前に——口を裂きなさい」

と女囚の声が命じた。

「そのきれいなきれいなお顔を、あたしが首を吊《つ》られたときみたいにしてあげる。あたしは美しかった。ヨーロッパ中の男が、君に殺されるなら本望だと口走るくらいにね。けど、吊るされたときは、上からも下からも、汚らしい汁を垂《た》れ流しにして死んだのよ。あなたもそうしてあげる。美しいものの本当の姿を見せてあげるわ、ドクター。さあ、お切りなさい」

奇蹟、ここに生じる。右耳の付け根にメスを当てるや、白い医師は一気に左耳のそこまで切り裂いていた。

鮮血が迸《ほとばし》った。その朱《しゅ》にまみれたような女の声が、

「次は鼻を落とすのよ」

メスは指示に従った。

「次は右眼をつぶしなさい」

ああ。

「次は左眼よ」

女の声は酔っていた。血の香りに。

「次は顔中——どこでもいいわ!」

女の声は笑った。それに合わせてメスは閃《ひらめ》いた。

もはや、生まれたものはメフィストの顔ではない。いや、人間の顔ですらなかった。

「すぐに鏡をごらんなさい。世界一美しい男の顔を」

女は哄笑《こうしょう》した。喉《のど》の奥まで見えるその笑いが、はた、と止まった。

「こ、これは……」

驚きの声は、陶然《とうぜん》としていた。

見よ。朱《あけ》に染まったメフィストの顔。鼻は落ち、口は裂け、数十創の切り傷を受けて。それなのに

「なんて……なんてこと……美しい……」

男の魂までとろかす妖女の声け、自らが溶けていた。

美しさとは、あらゆる欠陥《けっかん》を越えてなおも萌《も》え出るのか。

「次の指示は?」

メフィストの声は笑っているようであった。

「死ね——死になさい、ドクター・メフィスト。そのメスで喉《のど》を裂き、内臓《はらわた》を引っ張り出してから、心臓をえぐるのよ!」

「無駄じゃ」

ファウストの声が重なった。放ったのは美女の唇であった。

「その男は死なぬよ。生命ある限り——永劫《えいごう》にな。わしが授けた魔力じゃ」

女の顔は無念と憎悪と恍惚《こうこつ》に歪み、老人の声は高らかに笑った。彼らは決して同盟者ではなかったのだ。

やがて老人の声は咳《せ》き込み、それが熄《や》むと、しみじみと、

「しかし、ズタズタになってなお美しくかがやくとは——これはわしの魔術も及ばぬわい」

染《し》みだらけの手が頬《ほお》に掛かった。

「ほお、取れぬわい。便利な道具だの、メフィスト」

「左様。――こちらは」

メスを持たぬ手が紅《あか》い顔を撫《な》でた。

玲瓏《れいろう》たる美貌が、老人の身体に乗った美女の顔を恍惚とさせた。

「まるでメリエスかフーディニの手品を見ているようだ。さて、どう来るね、メフィストよ」

「失礼いたします」

彼は前進すると、美女の肉面の上端に手を掛け、一気に毟《むし》り取った。

取れた。ファウストの顔と一緒に。残された老人の顔は、しかし、血まみれの肉面ではなかった。そこには黒い虚無が顔の輪郭《りんかく》をなぞっていた。

「ドクトル・ファウストの〝虚空顔《こくうがん》〟――講義はしたが、実物を見るのははじめてだろう。それとも、わざとわしの顔ごと剥いだのか？」

「さて」

メフィストの眼は顔の奥に広がる漆黒《しっこく》の闇ときらめく光点に注がれていた。空間と星だ。すると、ファウストの顔の奥には大宇宙の深淵《しんえん》が口を開けているのだった。

そこから小さなきらめきがひとつ飛翔《ひしょう》して、メフィストの眉間《みけん》に吸い込まれた。

「本来は直径二〇キロばかりの小惑星だが、ふむ、効果はなしか」

宇宙を顔にした老人が、つまらなそうにつぶやいた。

メフィストがひとつ咳き込むと、床に血塊を吐いた。それは赤黒く、同じ色の煙を吐いた。小惑星の名残《なごり》であったろうか。

「次はM87星雲でもぶつけてみるか。これはおまえといえども耐え難いぞ」

「弟子も進歩しておりますぞ」

メフィストは右手を上げた。

その胸もとから金色のすじが老人の胸もとに突き刺さった。

黄金の針金であった。糸よりも細いそれは、渇きった砂漠の旅人へ注がれるようにその体内に吸い込まれた。

黄金の針金は、メフィストのみに可能な難手術か、人間以外の敵に使われるものだ。

今、人間の眼には動いて見えぬそれは、超音速《マッハ》の速度で師の体内へ吸い込まれているのだった。

「すでに一〇〇〇キロメートル分入りましたぞ。師よ、いかがなさる?」

返事はない。老人はよろめいた。

「昔、講義でお話しになりましたな。自分を斃すには、これまで地球上で産出された量と同じ黄金を射ち込むことだ、と。あと、そうですな、ざっと五〇〇〇キロメートル」

奇怪な戦いに決着は付くのか。ファウストが反撃に出ぬ限り、勝利は揺るぎなくメフィストのものであるように思われた。

現にファウストは片膝《かたひざ》をついた。

そのとき――

「おやまあ。師弟対決かい。ひと昔まえの劇画だね」

男と聞き間違えそうな野太い女の声が、がさつな口調で飛んできた。

院長室に二人の他に誰かがいる。

さすがにドアの方へとふり向いたメフィストの前から、ファウストは大きく跳躍して、五メートルばかり奥の床に着地した。

「トンブ・ヌーレンブルク」

チェコ第二の女魔道士は、無邪気そのものの笑顔で、相好《そうごう》を崩した。

「何の御用ですかな?」

誰にでも訪問可能な場所ではない。病院のスタッフでさえ、ここをめざして失踪《しっそう》し、何年がかりで発見された事例がある院長室だ。それを案内もなくあっさりと入室を許し、加えてメフィストの性格からいえば、不法な侵入者は八つ裂きにされてもおかしくない。

だが。黒いドアの前に立つ悠々《ゆうゆう》たる肥満女を見つめる白い医師の表情には、親愛の情さえ漂っていた。

よくぞ来れた――とでもいう風に。

「この街について、ヘンな予感が湧《わ》いたのだわさ」

太った女魔道士は、師と弟子の姿を交互に見ながら応じた。とりわけ訝《いぶか》しげな視線をファウストに注いで、

「早いとこ片をつけておしまい。待ってるのだわさ」

と腕組みした。顔でも手でも動かすと、倍もふくらんだように見える。

「いや、そちらの話のほうが重大だ。いかがでしょう。先生?」

「もっともだ」

ファウストは鷹揚《おうよう》にうなずいて見せた。これで腹の中に二万トン近い黄金を貯め込んでいるのだから、なにをかいわんや、である。

「伺おう」

メフィストは優雅に身を開いて、トンブをデスク前のソファへと導いた。

世にも美しい医師と、白髪だらけの小柄な老人、ソファが悲鳴を上げそうなでぶ女――三者会談というには、あまりに奇妙なメンバーだが、これは世にも凄《すさ》まじい魔道の求道者《ぐどうしゃ》の会合であった。

「うちの顧客に、〈区〉の〈魔震対策研究所〉の技術部長がいるのだわさ」

トンブは、用心深い眼でファウストをねめつけてから、メフィストに話しかけた。

「その彼が今朝、うちへ来る途中、〈高田馬場駅〉前で倒れて、真っすぐあの世へ行っちまった。心筋梗塞《こうそく》だわさ」

と、常人の万倍は大きくて頑丈そうな心臓が収ま

っている胸を指さして、

「このふた月ばかり、どうも気になることがあるからって、週に一度は通ってきてた。あたしもおかしいとは思ってたんだけど、とうとうやられちまったね」

「――誰にだね？」

とメフィスト。

「たぶん、この街にだよ」

トンブは右足で床を踏みつけた。メフィストには院長室全体がふるえるような気がしたかも知れない。

「部長は、はじめて来たとき、自分の体内からある種の震動が感じられると話してた。そのたびに周りの者や家族に不幸が起こるんだってね。死人が三人、怪我人、病人にいたっては二〇人近いらしいよ。その震動に思い当たる節《ふし》があってチェックしてみたら、〈魔震〉と同じだったんだそうだよ」

「ほお」

とファウストが、いかにもわざとらしい声を上げた。いつの間にか、別のソファに掛けている。

「むろん、規模《スケール》は比べものにならないが、震動の性質や周期はぴったしカンカンだったらしいよ。前にも同じような症状は？　と訊いたら、一〇年くらい前に二度ばかりあったらしい。ほれ、『偽〈区長〉事件』のときさ」

自分こそ〈魔界都市〉の救世主と思い込んだ異常者が〈区長〉の梶原《かじわら》を誘拐《ゆうかい》し、姿形を魔力でそっくりに変えて、〈区役所〉へ乗り込んだのである。まさしく異常者の偏執《へんしつ》的一念で、梶原の言葉遣いや小さな癖まで叩き込んであったせいか、〈区役所〉のスタッフはおろか妻子にも気づかれず、彼は〈区長〉としてふるまい、独裁的権力を手に入れようとしたが、彼の下を脱出した梶原の登場で化けの皮を剝がされ、自殺したものである。

「すると、今回もおかしな人物が登場する兆《きざ》しということか」

メフィストの声に、トンブがうなずいた。

「たぶんね。ところで、お茶くらい出ないの、だわさ」

「視力が弱いらしいな」

「ん?」

細い眼でメフィストをにらみつけ、その視線を追って眼の前のテーブルを見下ろし、トンブは、眉を寄せた。

黄金のコーヒー・ポットが湯気をたてている。

トンブが、付属のカップへ琥珀《こはく》色の液体を注いでいるあいだに、メフィストは偉大なる師との会話を再開した。

「〈魔震〉を体内に抱え込んだ人間が現われると、ひとりの異常者が〈新宿〉を席捲《せっけん》しようとする——師よ、最後に生き残ったひとりが、彼でしょうか?」

「かも知れん」

「彼は何のために残るのです?」

「いずれわかると言ったはずだ」

「では、再開いたしましょうか」

静かな声が告げたのは、戦いのことである。

3

「少し待て」

ファウストは溜息《ためいき》をついた。

「わしにもコーヒーをくれ」

「こちらに」

メフィストが差し出した皿とカップへ、ファウストはにやりと笑いかけた。

ひと口飲《や》って、

「美味《うま》い。わしの好みを忘れていなかったとみえる」

「最高の小姓《こしょう》だったと自負しております」

ファウストの声には感嘆が、メフィストの声には自負がきらめいていた。数分前、他方の殲滅《せんめつ》に心魂傾けていた二人であった。

「ところで——うちのでく人形、戻ってきてから様子がおかしいんだけどね」

トンブが、二人をおかしな眼つきで見ながら切り出した。

「ほお」

ファウストが興味津々《しんしん》という風に揉《も》み手《で》するのを見て、メフィストが、

「先生」

とだけ言った。

「おかしな想像をするな。その人形とやらは女か？」

「左様」

「すると、相手はフランツの小僧だな」

「よくお判《わか》りで」

「判らぬよ。判るのは人形の心延《こころば》えだけだ。だが、それならそれで面白いことになるかも知れん。メフィストよ、これをやろう」

老人が右手を振り、メフィストが左手を上げた。

それは細長い——小柄《こづか》に近い短剣であった。剝《む》き出しの刃はメフィストの手の平を貫いた。そして、甲へは抜けず、かすかな蒸気のようなものを残して消滅してしまった。

「ドクトル・ファウストの〝護符〟だ。わしはそれを届けに来た。単純な用事の割には時間を食ってしまったわい」

彼はひとつ鳩尾《みぞおち》のあたりを拳《こぶし》で叩いた。かちんという音がした。

「では、な」

ソファの上で片手を上げると、その姿は薄れ、消滅した。最初から存在しなかったように。

「ふう」

呻《うめ》きに近い溜息を耳にして、メフィストはふり向いた。

トンブは黒いハンカチで顔を拭っている最中であった。

「何だね、あれは——どえらい爺《じい》さんだわさ」

ハンカチの両側を摑《つか》んで絞《しぼ》ると、滝のような汗が

床を打った。

「おかげで、三〇キロばかり瘦《や》せちまったわさ」

そういえば、ひと廻《まわ》り小さくなったようにも見える。

「健康のために神がつかわした方だ」

と言った。

「あんたが、冗談を口にするとは思わなかったよ」

トンブは、濡《ぬ》れそぼったハンカチをまた顔に当てた。

「こんなに冷汗かいたのは、姉さんを怒らしたとき以来さ。ドクトル・ファウスト――なんて呪われた名前だわさ」

この辺は同じ道を歩む者同士――打てば響くというところか。

「そのとおり」

「ああ、やだやだ。疫病神《やくびょうがみ》に会っちまったよ。早く帰って河馬湯《かばゆ》に入らなきゃあ」

「かばゆ？」

「知らないのかい、チェコの魔術連合局から、一週間ばかり前に発表があったんだよ。魔術の後、身体に異成分が溜まるだろ。あれを落とすには、河馬の形をした銅の湯舟に入るのがいちばんなんだってさ」

「……………」

トンブは立ち上がった。

「ご馳走《ちそう》さま。一応、いちばん教え甲斐《がい》のある男に教えたわさ。あたしゃ、しばらく里帰りするよ。何が起きるかわかったもんじゃない。そうそう、うちのでく人形――あれは置いてくからよろしく頼むわさ」

「人形の面倒までは見られんが」

「なら、放っときな。あれはあれで、しっかりした娘《こ》だ。自分の手で決着《けり》をつけるさ。喧嘩《けんか》でも、色恋沙汰《ざた》でもね」

服を着た肉まんを思わせる姿は、でかい尻をぽりぽり掻《か》きながら出ていった。

メフィストは左手の甲を見つめた。二人の同席者のことは、もう頭になかった。

「師のナイフ――手から心臓へと廻ってきた。私をどう変えるおつもりか」


ドアがノックされた。

部屋の主は返事をしなかった。

ノックした者は、後ろの二人に頭を左右に振ってみせた。

二人は承知の上だという風にうなずき、片方がドアの表面へ顎《あご》をしゃくった。

ノックの主はドアノブに手を掛け、何やらつぶやいてから、一気に押し開けた。

侵入した途端、三人は全身の緊張を解いた。その場で何か察したようである。

それ以上、内部を探ろうとせず、三人は外へ出てロビーへ下りた。

喫茶コーナーがある。数人の患者から離れたテーブルで、三人は近づいてきた接待《サーブ》マシンにコーヒーを注文してから、次の行動を話し合いはじめた。他の客の耳には、世間話にしか聞こえない魔術的会話であった。


青年は〈歌舞伎町〉の雑踏の中にいた。

寝ているのももったいないと、散歩に出たのである。

学生らしい若いカップル、旗持ちガイドに案内される観光客の集団。客引きの黒服たち、引退、定年を迎えた連中らしい親父《おやじ》どもの小集団、サングラスに肩を揺らして歩くやくざどもと制服姿の警官たち、死霊浄化に雇われた、或《あ》るいはボランティアの僧侶《そうりょ》の一団。狭苦しい横丁の前に立つ太腿《ふともも》も露《あら》わな女たち。

渦巻く人間の生気だけでも、めまいがしそうなのに、そこに妖物、死霊の気が加わり、青年はほとんど吐き気を催《もよお》しそうであった。

一瞬、意識が暗黒に包まれ、他人にぶつかった。

「ごめんなさい」

こう詫《わ》びて、よろめきよろめき歩きだす後ろ姿を、ぶつけられた通行人が、ちょっと見送り、すぐに歩きだした。


三〇分ほど歩いて、青年は〈新宿コマ劇場〉近くの〈マクドナルド〉に入った。戦いの余韻《よいん》が疲労となって残留していたのである。

高さ二〇センチが売りものの「モンスター・バーガー」三個とコーラとフライド・ポテトのLサイズを受け取って席に着くと、金髪ゴスロリの娘たちが寄ってきた。

血まみれの唇から白い牙《きば》が覗《のぞ》いている。吸血鬼のつもりらしい。

「お兄さん、景気よさそうじゃない」

「あたしたちも、あやかりたいわねえ」

「ねえ、ここ出て、いいとこ行かない？」

催眠用のコンタクトを嵌《は》めてある眼球が黄金にかがやき、同じ処置を施《ほどこ》してあるらしい声帯が、何とも濃艶《のうえん》な声を絞り出してくる。

「あたしたち、頭の出来は見てくれどおりだけどさ、あっちは自信あるんだ。ひと舐《な》めでイカせてあげるよ」

「イったら、また立たせてさあ」

「何回だってイケるんだよ。死ぬまでだってOKよ」

むっとするほど濃厚な香りが青年の鼻孔を侵《おか》しはじめた。香水ではない。体臭に処置が施されているのだ。

青年は右隣《みぎとなり》の娘に顔を寄せた。

かかったわよ、と青年に見えないところで三人は舌を出した。

「出ようか」

青年は三人に笑顔を見せた。もともと眼を剝く美貌である。二人組のほうが溶けた。

「いいわよ」

「出よ」

「ホテル、ホテル」

すでに眼は熱くうるみ、唇からしたたる涎《よだれ》を舌がすくっている。

「わかった——その前に」

青年はテーブルの上に出来上がった二〇センチの山を両手で持ち上げた。

無理よ。三人の顔が斉唱した。青年の口がかっと開いた。その奥に満天の星々がまたたいているのを見て、娘たちが眼を剝いた瞬間、巨大なハンバーガーはその空間に吸い込まれていた。どう見ても三つまとめてだ。

続いて顔を真上に向けて、フライド・ポテトをざらざらと流し込んだ。どちらもひと口ではない。ひと呑《の》みだ。

げっぷひとつ洩《も》らさず、コーラの蓋《ふた》を弾《はじ》いて中身を丸ごと注ぎ込むと、三人の娘は青くなった。

——すッゲえ
——何よ、こいつ？　おかしいじゃン
——胃ん中に妖物でも飼ってるんじゃねえの
疑心暗鬼になりながらも、

「レッツ・ゴー」

青年の勢いに押されて店を出てしまった。

一〇メートルと行かずに路地へ入った。奥は広場になっている。表通りの店の荷物の搬入口だ。

「こんなところでするの？」

「若いのにヘンな趣味」

「いいじゃン。けっこう、刺激的かもよ」

三人は、あっという間に全裸になった。

熟女並みに大きな乳房に血走った眼が開き、ぬめぬめとした腹部に巨大な口が縦《たて》に裂けた。

「悪《わり》ィけど、セックスは疲れるからさ、お金だけ貰《もら》うことにしたよ」

「逃げられないよお」

「おいで」

走り寄ってきた三人の表情が、不意に変わった。殺気にでも打たれたようにふり向く。

いま入ってきた路地の出口に、青いサテンのドレスを着た小柄な娘が立っていた。人形のように可愛らしい娘であった。

第九章　月下変妖

1

「何だよ、おまえ?」

変身娘が、腹部の口の牙《きば》をがちがち鳴らしながら訊《き》いた。

「とっとと出て――いいや、こっちおいで」

もうひとりの催眠アイが黄金にかがやいた。見られた以上は始末するしかない――まともな娘たちの考えることとは思えなかった。こんな妖物化手術を施《ほどこ》した時点で、娘たちは殺人狂になることを選んだのだ。

人形のような娘は、逃げようとする素《そ》ぶりも見せず、こちらへ歩きだした。催眠アイの効果だと思えば当然の行為だ。三人娘の誰も異常は感じなかった。

「先にどっちをやる?」

とひとりが訊いた。もうひとりが人形のような娘を指さして、

「こいつも金目《かねめ》のものを持っていそうだよ。あたしたちと会ったのが運の尽きさ」

「食べちゃお、食べちゃお。それからお金だけ吐き出しゃいいわ」

三人目が、じろりと青年をにらんで、

「あんた、大人しくしときな、すぐあんたの番がくるからね」

と言って、人形のような娘の方を向き直った。

ほとんど同時に、近づいてくる気配を感じてふり向いた。

視界いっぱいに男の手が広がった。

五本の指が強化手術を施した頭蓋骨《ずがいこつ》に触れるや、音もなく第二関節までめり込んだ。

「おやめなさい!」

叫んだ人形のような娘の髪の毛を、ゴスロリ娘の手が摑《つか》んで腹部へと引き寄せた。

かっと裂けた口の中に強引にねじ込み、唇と――

牙を閉じた。

「ああああぁ」

それは食われた娘の叫びではなかった。妖物に変じたゴスロリ娘のものであった。

腹部の牙は、人形のような娘の首を貫《つらぬ》き、一気に嚙《か》み切る予定だった。傷口から血が溢《あふ》れた。

――美味《うま》いかしら？

燃えるような返事があった。

文字どおり、娘の腹部の口の内側は燃え上がったのである。人形らしい娘の体内を巡《めぐ》る血液は、灼《しゃく》熱《ねっ》の酸であった。ただの酸でないのは、娘の口がみるみるうちに溶け、その腐蝕汁《ふしょくじる》が触れた胸も下肢もまた溶けだしたことでわかる。

「てめえ、何しやがる？」

二人目の娘が飛びかかってくるのを、人形のような娘は上体を曲げて躱《かわ》し、その鳩尾《みぞおち》よりやや上の部分に片手を当てるや、タイミングを合わせて頭から右側の石壁へ叩《たた》きつけた。


石と――頭蓋骨が陥没《かんぼつ》し、娘は全身を痙攣《けいれん》させて大人しくなった。残ったひとりの頭に指を突き立てている青年にやめてと言いながら、自分も凄《すさ》まじいことをする。

失神した娘を放り出して青年の方を見ると、彼も哀れな犠牲者を足下《あしもと》へポイ捨てしたところだった。

低い悲鳴があちこちで上がる中、

「どうしてここへ？」

と青年――フランツが訊いた。

「危険な気配が感じられたからです。別れたときから気になっていました。あなたは憑《つ》かれていますわ。でも、どんな術をかけられているのかがわからなかった」

答える人形娘の表情は、人外のものでなければ読み取れぬ悲哀を刷《は》いていた。

「僕は何にも憑かれてやしない。この娘たちを誘ったのは、ゆっくり話をしたかったからだよ」

「嘘。あの人の糸はごまかせませんわ」

「あの人の――糸?」

ある人物から、重さを持たない金属の糸を操《あやつ》る術《すべ》を学んだこと。メフィスト病院で別れるとき、フランツの腰に巻きつけておいたことを、人形娘は口にはしなかった。

糸から伝わるのは、フランツの動きばかりではなかった。精神もまた。

「この娘さんたちをどうするつもりだったのですか?」

まだ痙攣を繰《く》り返す血まみれの肢体を、冷ややかに見廻《みまわ》してから訊いた。

「――何も」

「精気を奪う。心臓を取り出す――魔法を進歩させるためなら、さして咎《とが》められる行為ではありません。でも、糸から伝わるあなたの思いは――私、怖くて気を失いそうになりました」

フランツはうすく笑った。月光の下で、それはひどく不気味に見えた。

「僕の思いは、第三獄囚の連中を始末することだ。そのためには何でもするけれど」

フランツは両手を軽く揉《も》み合わせて、人形娘の方へ歩きだした。娘は下がった。狭い路地である。

「僕に糸でもくっつけたのかい?」

「どうかしら」

「困ったお嬢ちゃんだね」

フランツは進み、人形娘は下がった。

「で、これからどうする?」

「あなたのそばにいます」

「どうして?」

「無茶させないように」

「どうして?」

フランツの右手が伸びた。

それが喉《のど》に触れる前に、人形娘は通りへ出た。

指は追ってきた。

白い喉に触れ――頰《ほお》へ上がった。固い頰を撫《な》でる指は優しい精神と繊細な神経から出来ていた。

「まだ危ないか？」

「いいえ」

人形娘はかぶりを振った。

「少しも。でも、私はあなたと一緒にいます」

「好きにしたまえ。僕は少し買い物をしてから病院へ戻る」

「お伴《とも》します」

「好きにしたまえ」

二人のそばを、坊主頭の男が通りかかり、少し行ってふり向くと、アルコール分一〇〇パーセントの声で、

「よう、ご両人」

と言った。

「仲いいねえ。若いときは長くねえぞ。大切に使いな」

フランツは片手を上げて、

「そうします」

と応じた。


「日本語、上手いねえ。おれ泣いちゃうぜ」

酔っぱらいが歩き去ると、別の通行人が人形娘の頭を撫で、フランツの肩を叩いていった。

フランツは苦笑を浮かべて、

「さ、行くか」

「はい」

人形娘はうなずいた。晴れ晴れとした微笑が顔を飾っていた。


「どうだ？」

廃墟に違いない、亀裂だらけのコンクリートの一室で、古いヨーロッパの軍服と思《おぼ》しい服装《みなり》の小男が、背広姿にソフト帽の男に尋ねた。

ソフト帽の男は、放置されっ放しだったらしい、あちこちひん曲がったスチール椅子《いす》に掛け、肘《ひじ》を腿《もも》に乗せて、親指と人さし指で何かをつまむような仕草を見せていた。

それから一〇分ほど経《た》っている。

軍服姿が訊いたのは、業《ごう》を煮やしたためである。

それでも無言のまま、魂でも込めたような、一種哲学風な表情で指先を凝視《ぎょうし》していたソフト帽が、不意に短く、

「しくじった」

と、嬉しそうにその手を膝《ひざ》に打ちつけた。

「ちっ!?」

と苦痛に歪《ゆが》めた顔を見て、軍服姿が、

「切ったのか?」

と訊いた。

ソフト帽は人さし指の先を咥《くわ》えて、うなずいた。

「かなり深くな。役に立つ技だが、ちょっと油断するとこの様《ざま》だ。もう少し力を入れてたら、骨まで食い込んでたな」

「せいぜい気をつけろ」

軍服姿は、口とは裏腹な侮蔑《ぶべつ》の眼差《まなざ》しを当てて、

「だが、おかしな小娘どもの手にかからずに済んだ。ひと安心だな」

「邪魔が入った。あの人形だ」

ソフト帽は指先を見つめた。白い裂け目から、みるみる血の玉が膨《ふく》れ上がってくる。

また指をしゃぶってから、

「ただ、あの娘が現われようと現われまいと、坊主の様子がおかしい」

「ほお」

と軍服姿が近づいた。

言うまでもなく、ソフト帽はジャギュア、軍服はシであった。ここは前もって用意した〈大京町《だいきょうちょう》〉の廃墟=アジトである。

「おまえが学んだ〝妖糸術〟――そこまでわかるのか?」

「いいや、おれはそんなに優秀じゃねえ。声は振動の形で聞こえるが、精神の動きや考え方までは無理だ。ただ――巻いた奴の生命エネルギーというか、オーラは伝わってくる。あの坊主、大層な素質を持ってるだけに、暴走しはじめると、万人《ばんにん》向けの危険

物になるぞ。核兵器なんか屁《へ》でもねえ、化物並みの存在によ」

「おまえのその糸で操れるんじゃなかったのか、ホラ吹き野郎」

シの足下のコンクリ片が勢いよくダッシュして、ジャギュアの眉間《みけん》に吸い込まれた。

ぶつかる寸前、それは黒い蝶《ちょう》に変わって、ひらひらと泳ぎ去った。それを見送って、

「平和なもんだな、おい」

とジャギュアはソフト帽のつばに手を当てて言った。

「ああいう魔法だけ使って一生を送りたかったが──まあ、いい。坊主には何か憑いたなあ」

「何か？　何だ、それは？」

シが眉《まゆ》を寄せた。深い皺《しわ》が線を濃くした。

「糸を通してオーラが伝わってくる。それも途方もない相手だぞ。おれごときがどうこうできるレベルじゃねえ」

「じゃあ、小僧を放り出せ」

「それはできねえなあ」

「──なぜだ？」

シの声に狂気が凝集した。部屋の空気が思いきり冷えていく。

「言ったろ。おれはあの坊主と人形娘が気に入ってるんだ。世が世なら、あいつらベスト・カップルになる。それが無理としても、坊主のほうは、うまく育てば、おれたちなんざ足下にも及ばねえ大魔法使いになるのは目に見えてるんだ。ここでおかしな運命を与えられちゃ敵《かな》わねえ。及ばずといえども全力を奮《ふる》って止めてみせるぜ。えーい、こんなとき、ドクトル・ファウストがおれたちの側についていたらなあ」

「ドクトル・ファウスト？」

口に出してから、シは表情を消した。

何の考えもないひとことが、数百年来、世界の叡《えい》知《ち》たちを悩ませてきた方程式の解答だと知ったと

き、人間《ひと》はこうなるかも知れない。

絶対零度《れいど》に近い沈黙がしばらく世界と化した。

「まさか、な」

シの声は、長い旅から帰ってきた男の挨拶《あいさつ》のようであった。

「まさか」

ジャギュアの声も、また。

2

ドクター・メフィストの下に、分院の管理部から連絡があったのは、午前一時を廻った頃であった。

「今夕、お入りいただいた院長のお知り合いですが、分院の空室一〇九号で何やらお作りになっていらっしゃるようです」

「それは規則違反だ。質問してみたかね？」

「そうは思ったのですが、みなさん、我々が近づくと急速に遠のいたり、背後へ廻ったり、壁を通り抜けてしまうので。空室はノックしても開きません。カメラにも何も映《うつ》らないのです」

「何かを作っていると、どうしてわかった？」

「みなさんが、何やら抱えて空室へ入るのを、スタッフが目撃いたしました。ハンマーで鉄を叩いたり、カットしているような音も聞こえたそうです。今はもう沈黙しておりますが」

「抱えた品は何だね？」

「わかりません。ただ、目撃したスタッフによると、スイッチやコードの付いた古いコンピュータみたいな品と、金属製の円筒《シリンダー》が何本か」

「ふむ――わかった。私の指示があるまで放っておきたまえ」

「承知いたしました」

この院長の命令は鉄である。

数分後、メフィストは分院を訪れ、一階九号室のドアをノックした。

「メフィストね――何の用？」

ミーシャ・バイヤンの声は、いらだちを隠さない。

製造は佳境に入っているのだろう。

「スタッフから知らせが入りました。病院の責任者として、何をお作りなのか、拝見させていただきたい」

「駄目よ。ここは〝兄弟子《あにでし》の個室〟。お戻りなさい」

言うまでもなく、メフィストが魔力を使う限り、ファウスト魔術校での規則もまた鉄であった。

「その件ですが、二時間ほど前、私は師と会いました」

室内でごそりと気配が動いた。

「そして、チェコ第二の魔道士トンブ・ヌーレンブルク氏の立ち会いの下《もと》、世界中の金を師に進呈することによって、年次則撤廃処理を許可していただきました」

「まさか……信じられん」

絶望的な呻《うめ》きは元唱林のものであった。魔術の専門家も弟弟子の嘘っぱちはわからない。それを追ってゾルタン・バイユの声が、

「メフィストよ、我らにこれを命じたのも、ドクトル・ファウスト——我らの師なのだ」

「ありそうなことだと、みなさんもご承知のはずです。それに対して、何らかの手を打とうとは思わなかったのでしょうか?」

「師の命《めい》は我々の生命だ」

「それが私とみなさんの決定的な違いです。開校以来の天才と呼ばれた男は、師を信じてなどおりませんでした。敬愛する兄弟子のみなさん、私が師と肩《たお》を並べたいと学習に励んだのは、いつでも師を斃《たお》すためでした」

ドアは声を失った。

内部の意志が混乱の極みにあるうちに、

「入らせていただきます」

静かに伝えて、メフィストは右手をスチール・ドアに当てた。

軽く押しただけで、ドアは抵抗も示さず開いた。

二〇畳ほどの部屋である。奥にベッドがセットされているはずが、何もない。ついでにあるべき窓もコンクリートの壁に化けていた。

三人の兄弟子たちは、彼らの製品《プロダクト》の周囲で弟弟子を迎えた。

連絡をよこした係員は、古いパソコンと円筒の組み合わせと告げたが、出来上がった品は、乱立するスチール管《パイプ》の林からして、小ぶりなパイプオルガンを思わせた。

「これは……」

つぶやいてメフィストは絶句した。眼の前の品を想像していたようでもあり、想像もつかなかったようでもあった。

すぐに彼は製品に眼をやり、

「虚無数学震動値は、無限大の設定ですな」

と言った。

「パワー変換にはノルトハイムの不確定公式が利用されている。すると変換種は――」

メフィストがふり向くと、全身に突き刺さっていた殺気の矢が急速に消滅した。

「さすが、ドクトル・ファウスト。ついにこれを作り上げましたか――この機械が生み出すのは、〈魔震〉と等しい震動だ。師よ、それほど神に呪われたいのですか」

「無礼だぞ、メフィスト――その言葉、万死《ばんし》に値《あたい》する」

とゾルタン・バイユが叫んだ。

「大仰《おおぎょう》な」

「出てお行き」

ミーシャ・バイヤンの美貌《びぼう》が悪鬼に変わった。

「お断わりする」

「メフィスト――三人の兄弟子に歯向かうか?」

「いいえ、今のお三方は我が師でございます。すなわち、この街にとっての悪――抹殺に躊躇《ちゅうちょ》はいたしません」

「おまえに術を使うことになるとは思わなかったわ」

「運命です」

とメフィストは答えた。

「ミーシャよ、下がれ」

元唱林の声である。それはメフィストの前後左右から聞こえた。

八名の元唱林が取り囲んでいた。

「おれの得意は〝分身術〟だが、自分が分かれるだけではないのだ」

彼は左手の甲を前方に突き出した。それはメフィストの顔を向いていた。

ひと呼吸おいて中国人はうなずき、その手で自分の顔を覆《おお》った。

それだけのことなのに、何やら神秘荘厳な儀式を見ているような雰囲気が室内に満ちた。

手はすぐに離れた。分身の手も。

その下から現われたのは、元唱林ならぬドクター・メフィストの顔であった。

「元唱林の〝分身術〟は、他の人間を選んだ場合、顔ばかりに非《あら》ず、能力すべてを写し取る」

ゾルタン・バイユがつぶやいた。

「つまり、メフィストよ。おまえは八人の自分と戦うのだ。勝つ自信はあるか？」

「さて」

と応じたのは、もちろん、本物のメフィストだ。

さらに白いケープのメフィストたちが、これも一斉に応じて、外に出ていた腕はケープの内側に沈んだ。

戻った手は銀色の針金を摑んでいる。

「ドクター・メフィストの針金細工」

八人のメフィストが斉唱した。

手の動きは八人八様であった。

獅子《ライオン》が吠《ほ》えた。

虎が前脚で床を掻《か》いた。

大蛇がうねくった。

龍が火を噴《ふ》いた。

あとの四人は――手にしたきりだ。

「かかれ」

と命じたのは元唱林の変じたメフィストだ。

本物のメフィストがどう迎え撃とうとしていたかはわからない。

その身体《からだ》を二人のメフィストの針金が銀色の蛇のように締めつけたのである。

「自分ひとりなら互角か、何とか勝てるかも知れんが、二人の紡《つむ》ぐ糸は切れん。さらに――」

元唱林の声に応じるかのように、その腰を銀色の輪が囲んだ。七人目のメフィストの技である。輪は回転しはじめた。のみならず、漏斗《ろうと》状にすぼまり、小規模な渦をこしらえたのである。

メフィスト自身は回転こそしなかったが、動きを封じられたのは明らかであった。

「メエルシュトルムの針金細工とは驚いた。引き出しが多いな、メフィストよ。最後のひとりは――」

元唱林の声と同時に、その手から光るすじがメフィストの前後左右に生じた。

すじは交差し、重なり合い、数学嫌いでも惚《ほ》れ惚《ぼ》れせざるを得ないような幾何《きか》学模様を描き出したのである。

それは銀の檻《おり》であった。

「念には念を、というわけだ。これでもう逃げられぬ代わりに、獣の餌《えさ》にもならずに済む。一生、その檻で暮らしていくこともできるが、さあ、どうする?」

元唱林は笑った。その声もその顔も、どこか彼の師に似ていた。

本物のメフィストの声が、それを中止させた。

「歳月というのは、残酷なものですな」

と白い医師は感慨深げに言った。

天の与えた美貌に、兄弟子たちにもわからぬ寂《せき》寥《りょう》の色があった。

「今、私の前に立つ以前のあなたなら、檻など作らず、獣たちに襲いかからせていたはずだ、ドクトル・元唱林。保育園の経営とやらは立派だが、あなたの選ぶべき道ではなかった」

冬の静夜を渡る聖歌《キャロル》のような声が、居並ぶ魔人たちを氷の像に変えた。

「機械を移動させるぞ」

ゾルタン・バイユが身を翻《ひるがえ》した。

「檻を壊して、元唱林」

ミーシャが叫んだ。

「メフィストはやはり、処分すべきなのよ!」

その声も顔も、彼女の師に似ていた。

三人の兄弟子は、恐怖と敵意と、そして期待さえ込めて、白い弟弟子を凝視《ぎょうし》した。

3

「何にお使いになるのです?」

これで最後だとフランツが断言した店を出てすぐ、人形娘が訊いた。

〈歌舞伎町〉の裏通りや地下にある得体の知れない魔法雑貨店にでも行くのかと思ったら、平々凡々たるコンビニと変身エステの店を巡り、最後にようやく、らしい店——「合法」と大書した看板を掲げる銃砲店《ガン・ショップ》に入った。

購入した品も、カップ麺《めん》や歯磨き粉に歯ブラシ、ハンカチ、ジレットの替え刃と、今の状況がわかっていないとしか思えない。

スキン・クリームを手にレジへ向かったときなど、さすがに、

「何に使うのですか?」

と堪《たま》りかねて詰問してしまったほどだ。

そのときは答えなかったが、店の外でまた訊くと、おかしなことを、と言わんばかりの眼つきで、

「お肌のお手入れだけど」

と返され、ぎゃふんとなってしまった。挽回《ばんかい》せねばと、

「真面目《まじめ》なお話ですけど」

「もちろん」

「でも、あなたは何も――」

と言いかけたとき、遠くで救急車のサイレン音が聞こえた。

「さっきのコンビニだな」

とフランツは苦笑を浮かべた。

「なにかなさったんですの？」

「スタッフも客もダウンしているはずだ。みな精気を吸い取られた」

美青年は右手をこねるような仕草をした。

「それって――お店で」

「ファウスト魔術校でも特別クラスの生徒しか習えない〝吸精の法〟だよ。コンビニへ入ったのは、旅行用品を買うためじゃない。開店以来、店内に残留している客たちの精気を吸い取るためさ」

「どうして路上でおやりにならないのですか？」

「僕はまだ、閉鎖空間以外での吸引は許可されていないのさ」

「精気をどうなさるんです？」

「ヌーレンブルク家のお手伝いとは思えない発言だね」

フランツはからかうような眼で小さな淑女を眺めた。

「魔法使いが精気を集める理由はひとつ――魔法薬を調合するためさ」

「何にお使いになるのです？」

「おいおい、そんな眼でにらむなよ。君とだけはトラブルを起こしたくないんだ。調合の目的は、僕自身の可能性のレベルを引き上げるためさ」

「つまり、もっと優秀な魔法使いになる、と」

「そうそう。理解してもらえて嬉しい」

「レベルを上げて、どうなさるの？」

「――第三獄囚を処分する」

「本当に？」

「僕の力はまだ充分とはいえない。それなのに今回の討伐メンバーに加えられたのは、これを機に自らを高めろという師の御《み》こころだと思う。やっと気がついたんだ」

「薬はどこで調合なさるのですか？」

「メフィスト病院で」

「ドクター・メフィストの許可はお取りになって？」

「いや。ＯＫはしてくれると思うんだ」

「あの方は、自分の病院で自分以外の超常能力がふるわれるのを好みません。詰めが甘いようですが」

「そうか」

これは当人もそう思っていたらしく、あまり失望はせず、しかし落ち込んだ風である。

「仕様がない。どこかの廃墟で」

「もっといい手があります」

「え？」

見開いた青い瞳の中で、小さな顔が屈託もなく微《ほほ》笑《え》んでいた。

「うちへおいでください。私の部屋を提供いたします」

「ヌーレンブルク邸へ⁉」

青年の全身から深更《しんこう》の空へ、栄光のオーラが龍のごとくに立ち昇った。

純粋に誇らしげなその表情の奥に、人間には感じ取れない、底知れぬ大地の下で鳴動する妖《あやかし》のような邪悪さを、人形娘が感知したかどうか。


光は黄金の色をしていた。

それはドクター・メフィストの淡い珊瑚《さんご》色の唇からせり出し、銀色の渦の中に落ちたのである。

一〇センチにも足らぬ細い針金であった。見えない渦はそれを旋回させた。

三人の兄弟子が息を呑んだ。

メフィストを巡る銀色の輪に、黄金のひとすじが加わったのである。それは旋回を重ね、メフィストの身体をまばゆいかがやきで包んだ。銀の渦は黄金と化した。

「私のメエルシュトルムが出来た」

遠く空の彼方《かなた》から、或いは深海の底から聞こえるようなドクター・メフィストの声であった。

「ドクトル・元唱林――他に打つ手はあるか？」

旋回する黄金の渦の縁から、ひとすじのかがやきが分離して、メフィストを封じる檻へと走った。それは銀の檻が構成されたのと真逆のコースを通って檻全体を黄金《きん》色に染めた。

「私の檻が出来た。次は護衛たちか」

檻のどこかから、まばゆいかがやきの糸が獅子へと走った。

獣たちは迎撃の準備を整えていた。迫りくる黄金の糸を、獅子は前脚で撥《は》ねのけた。チンと音をたてて針金は後退し、信じ難い速さで獅子の後ろ脚へと宙を駆った。

食い止めたのは虎の牙であった。銀の歯は正確無比に細い糸を捉《とら》え、あまつさえ噛み切った。

その片方がまたも獅子の後ろ脚に絡みつき、噛み切られた先端が、虎の鼻先を構成する骨組に絡みつこうとは。

ドクター・メフィストの黄金の糸は、元唱林の製造過程とは逆に走って、白銀の獣たちの外側にもう一頭の彼ら自身を作った。そして、銀は黄金に変わった。

大蛇も龍も向きを変え、呆然《ぼうぜん》と立ちすくむ兄弟子たちに炎と毒息を吐きかけた。

「我が師、敗れたり――見事だぞ、メフィスト」

崩れかかる元唱林をミーシャ・バイヤンが支え、移動よと叫んだ。

このとき、メフィストは三人と――機械の輪郭が妙に歪んでいることに気づいていた。

黄金の光が飛んで、二人の心臓を貫き背中まで抜けた。もはや生身の肉体はそこになく、あるのは画像であった。

「また会おう、メフィストよ」

ミーシャともども元唱林を支えるゾルタン・バイ

ユが無表情に告げた。

「おれの〝遠距離移動術〟——ある酒場女は遠距離恋愛と名付けたが、次に披露するのは血で血を洗う戦闘の場だ。しかし——」

すでに輪郭も残して、白い波と化した人像が、いらだたしげに、

「なぜ、師はこのような真似を？　わからん」

タクシーを使って〈高田馬場・魔法街〉に着いたのは、午前三時を過ぎていた。夜明けが早い夏とはいえ、世界はまだ闇の支配下にあった。

人形娘はヌーレンブルク邸の前まで行くつもりであった。タクシーを停めたのは、フランツのほうである。

「もうすぐですわ」

人形娘は訝《いぶか》しげであった。今のフランツは何をやらかすかわからない危険人物だ。

だが、彼女に向けた美青年の眼は、はじめて会ったときのように澄んでいた。

「いや、前に来たときから、ゆっくりと歩いてみたかったんだ。二度とないかも知れないし。案内してくれるよね」

「喜んで」

夜の異界ともいうべき小さな街の中を、二人は歩きだした。

一軒家が続くと、不意に屋根のつながった長屋形式の建物が左右に現われた。屋根は葡萄《ぶどう》色に統一されていたが、建物のほうは窓二つごとに紫と小豆《あずき》と橙《だいだい》色に塗り分けられており、独立した煙突からは、七色の煙が黒い水に溶ける絵の具のように、夜空へ立ち昇っていた。

家々の窓には灯《あか》りが点《とも》っていた。両手を腰の後ろに当てて室内をうろつくガウン姿の影を見て、

「ポオさんですわ」

と人形娘が好もしげにささやいた。

「ポオって——モルグ街の？」

眼を丸くするフランツへ、

「情報に疎《うと》い方ですのね。あの方が来られて、もう×年になりますのよ」

「まさか。新作目当ての外道《げどう》が、黒魔術を使ってパリのオーゼイユ街の一角で蘇生させたとは聞いてたけど、この街にいるとは……」

「その外道さんはとうの昔に処分されましたけど、ポオさんはそれからずっと、新作の想を練《ね》っておられるようですわ」

「気の毒に」

と最大の小説家に最大の敬意を払って眼を細める青年へ、

「全くですわ」

と人形娘が同意したのには訳がある。

ポオ氏をはじめ、歴史上に優れた作品を遺《のこ》して逝《い》った大芸術家たちを甦《よみがえ》らせることは、この世に魔法が誕生した瞬間に定められた大目標であった。

人は新たな大芸術を、永劫《えいごう》の時間《とき》に抗して得ることができるのだ。現に正邪の思惑を超えて復活した大芸術家は数多い。

だが、彼らの誰ひとりとして、新たな作品を世に問うことはできなかった。

遥《はる》かに巨大な、人智を超越した意志が、死から甦った芸術家の手を止めてしまうのだ。

新たな生を享《う》けた瞬間から、彼らの思いは新作へと向かう。だが、絵の具をつけた絵筆は、一筆としてキャンバスに躍《おど》ることはなく、偉大な交響曲の最初の音符が、五線紙に記されることもない。

いわんや、神の指先が叩くキイは、空《むな》しく白いスペースでディスプレイを埋めていくばかりだ。

甦った死者とは、死者に過ぎぬのだという風に。

「あの曲は？」

フランツは耳を澄ませた。どこの家だろう。

「CDじゃないね。でも、こんなところで、交響曲が聴けるなんて。どんなオーケストラだ？」

「妖精たち――という噂《うわさ》ですけれど、見た人はおりません。あの家では、歴史に埋もれた調べを採譜して演奏しつづけているのです。ご主人がどこから来た、どんな方なのか、誰も知りません」

　その家の窓は閉めきられ、恥ずかしがり屋の演奏家たちは、正体不明のスポンサーのために、日夜、太古の音楽の再生に励んでいるに違いない。

「ひどく眠りを誘う曲だね」

「原曲はカンブリア紀の海の底で、夢を見たまま一生を終えた巻貝の寝息です。伴奏は同じ頃海に生きていたウミサソリの心臓の音。恐竜が歌っていたという説をご存じですか?」

「四年くらい前に、エジプトの魔道士ミカレ師の唱えた説だね」

「その歌のもとが、あの曲です。Tレックスは、意外と耳と音感がよかったのかも知れません。剣竜《ステゴ》には、作曲の才があると主張する方もいらっしゃいますわ」

「ベルリンのスカル師だ。こんな曲を、こんな見事な演奏で聴いていると、信じたくなってくるね」

「曲の名前をご存じ?」

「題名《タイトル》まで付いてるんだ!?」

　フランツは眼を剥《む》いた。

「単純な名前。『眠り姫交響曲ニ短調』――恋歌《ラブ・ソング》だそうです」

「巻貝の寝言がラブ・ソングね」

　フランツは驚きも呆《あき》れもせず、むしろしみじみと言った。魔法を学ぶ者の第一条件は、あらゆる事象を現実として受け入れることにある。

「いい街のようだね」

　三半規管《さんはんきかん》を心地《ここち》よく揺《ゆ》らす交響を意識しながら、フランツは人形娘を見つめた。

「ええ、とても」

「いい街の条件って何だろう」

「小さくて、住んでいる人がいい人で、みんなが魔法を使えること」

　流れ水のように言い終えてから、人形娘は肩をす

くめて、

「理想ですけれど」

「六割で我慢しよう」

「あら。私は少なくとも七割五分」

フランツは周囲を見廻した。

今度はピアノの音と、花の香りだった。

「ずっと、旅をしたいと思ってきた。そうやって、世界中の師と巡り合って魔法の腕を磨きたい、と。魔法使いなら誰でも考えるだろう。マーリン、パラケルスス、、ワーゼンクロイツ、そして、ファウスト師——偉大なる魔道士たちは、みな世界を廻《めぐ》って隠された神秘と対決してきた。神秘の奥義は様々な力によって守られる。それらを説得し、横へのけ、或いは力ずくで押しつぶすことでしか、真理は手に入らない。その前に立ちはだかる者は愛する者といえど容赦《ようしゃ》なく排除する——僕はそんな力を身につけるために、旅をしなくちゃならなかった。でも」

「でも？」

どこかで澄んだ鐘の音。

二人は急に、世界が自分たちのためにあることに気がついた。少し遅すぎる。しかし、気がついたのは確かだった。

だとすれば、必要なものはもうみんな揃《そろ》っていた。

「でも」

と青年は繰り返した。

「今、君と歩いていたら、急にこの街で暮らしたくなった。ずっとここに住んで、静かに魔法の勉強をして、時々、魔を祓《はら》ったり、〝短距離飛翔〟の術を教えたりして生計を立てながら、老いていきたくなった」

「どうして？」

胸にかすかな痛みを感じながら、人形娘は訊いた。

その瞳に闇と星とピアノの音と美青年の顔が映っ

た。

「君がいるからさ」

第十章　選択の掟《おきて》

1

人形娘は何の反応も示さずにいた。それだけが、この場を切り抜ける方法だとわかっていたのである。

こんなとき、二人の間を流れる時間は世界に異を唱《とな》える。

「私もそうしてほしい」

と決めるまで、約二秒――二億年。

「でも、そうは言えません」

フランツは視線を落として、青い瞳に映《うつ》る自分の顔から眼を離した。

ふたたび見つめるまで、もう二億年かかった。

「君に糸を教えた人？」

「…………」

「素敵な人なんだろうね、きっと」

「はい」

絶望がフランツの顔をすっぽりと包んだ。

「足が重くなった」

また二億年と――ちょっと。

「ごめんなさい」

「いや、いいんだ」

フランツははっきりと言った。

人形娘には、そのときの表情が、何となく年寄り臭く見えた。彼は勝ち誇っているようであった。

「ヌーレンブルク邸へ急ごう」

今夜、最も強靭《きょうじん》な意志に支えられた言葉であった。

二人がヌーレンブルク邸に消えて一〇分ほど後、予期せぬ訪問者があった。

驚くべきことに、人形娘の質問に答えぬままドアは開き、駆けつけた少女は、馴染《なじ》みの顔を二つも見る羽目《はめ》になった。

「おめえをどうこうするつもりはねえから安心し

な」

　ジャギュアはどこからどこまでも好意的な眼で人形娘を見つめ、

「ただ、あの坊やには用がある。出してくれや」

「今、大事な装置を組み立てておられます。邪魔はできません」

「なら、おれたちのほうから出向く。奥だな」

　歩きだすシの前に、人形娘が両手を広げて立った。

「私はあなたたちの身を案じているのです。ここはヌーレンブルク邸でございます」

　二人は足を止めた。何よりもその言葉の恐るべき意味を知る足であった。

「確かに――だが、おれたちはどうしても彼に会わなくちゃならん。ここへ呼べ」

「お断わりいたします。あの方が何やら険呑《けんのん》なことを企《たくら》んでいるのは、ようくわかっております。それを見届け、場合によっては死を賭《と》して止めるべく、私はここへお招きしたのでございます。この家と私を信じて、今日はお引き取りください」

「そうはいかねえのさ、お嬢ちゃん」

　ジャギュアが頭を掻《か》き掻き言った。

「こればかりは他人まかせにできねえと、おれの糸が伝えてきやがる」

「――糸、ですか？」

「ああ、おれの祖父《じい》さんがその昔、アキなんとかいう流れ者に習ったって技だ。重さなんか限りなくゼロに近い金属の糸を使うんだが、その流れ者によると、自分の考案した使い方に習熟すれば、人間の動きを、当人の意思とは無関係に操《あやつ》ることができる――死体さえ動かせる、ってな」

　人形娘は激しく眼をしばたたいた。

　頭の中にある知識といま不浄の魔法使いから得た知識とを、どう関連づけるのか腐心しているようにジャギュアには見えた。

「わかりました」

と小さな顔がうなずいたのは、じれたシが、一歩を踏み出したときである。

「今、お連れします」

こう言ったとき、

「その必要はないようだぜ」

人形娘の背後――暗い廊下への戸口から浮き出た幽鬼のような人影を見て、ジャギュアは、これまでとは別人のような、緊張感溢《あふ》れる声を上げた。

「元気そうだな、坊や。いい加減ダウンしたかと思ったぜ」

「残念でした」

フランツはうすく笑った。邪悪の色彩《いろ》がついていた。

「ところで、今このお嬢ちゃんとも話したんだが、おめえには操り糸がくっついてる。知ってたか？」

「ええ」

「いつからだ!?」

シが叫んだ。その皺《しわ》だらけの口をぱあくぱあくと開け閉めしながら訊《き》いた。

「ドクター・メフィストの病棟へ入ってからですね」

フランツは平然と答えた。不気味なほどに。

「どうしてかは、わかりません」

「いいや、おまえにゃわかってる」

ジャギュアが歯を剝《む》いた。

「おれたちも、だ。糸から伝わるこの妖気――見ろ」

彼はポケットから出した右手を開いて前方へ突き出した。

人形娘が眼を見張った。

糸からかけられた呪いを防ごうとする右手の為《な》せる業《わざ》か。指五本の配置は左手のそれに変わっていた。

「これで、おめえが何かおかしなことをやらかそうとしているのはわかった。おい、何を企んでやがる？」

「そんな眼で見ないでください」

フランツは唇を尖《とが》らせた。物ごころついた少女から老衰で逝《い》く寸前の老婆まで、気を失いそうな愛くるしさであった。

「そもそも、これはあなた方のやるべき行為なのですよ。この街でトラブルを発生させるということは」

「やっぱりな」

シがうなずいて、両手の指を組み合わせた。魔法戦の準備だ。

「トラブル結構」

とジャギュアが首の後ろを叩《たた》いた。

フランツをさした人さし指には魔力以上の怒りが漲《みなぎ》っていた。

「この街が丸ごと吹き飛ばうが、住人がみな何かに食われちまおうが、それが〝あの方〟の命令に適《かな》ってる以上、誰が手を下そうと、おれたちに文句をつける筋《すじ》はねえ。だがな――」

彼は手を水平に持ち上げ、自分の首を掻き切る真似をしてみせた。

「この糸から伝わる気は、そんなレベルのもンじゃねえ。なあ、坊や、おれたちまで一緒くたに元素分解されちゃ困るんだよ」

人形娘が見上げたフランツの顔は、苦笑を浮かべていた。とても懐かしい言葉を聞いたとでもいう風に。

「素晴らしい。元素とは宇宙を構成する真実だ。それがなくては、万物《ばんぶつ》が成り立たない。そして、永劫《えいごう》に消滅することがない。有にして無、宇宙の法則の制定者にして、必ず従わぬもの。そうなるのに何の不満がある」

声もなく、二人の魔牢囚は後ろへ下がった。下がって下がって、戸口のドアに背中をぶつけて、ようやく止まった。

二人一緒に右手を上げた。

その指先で、フランツが静かな笑みを浮かべていた。

　誰かに似た笑みを。

「あんたは……やはり……」

「我が……」


　彼らが白い医師の病院を訪れてから、顔を合わせるまで二〇分以上かかった。

　応接室の窓は青く染まりつつあった。

　だらしなく溶けるはずの表情に、拭《ぬぐ》いようもない泥状の怯《おび》えを湛《たた》えて、

「知ってると思うが、第三獄囚のジャギュアだ」

「シだ」

　と名乗った。

「惨々な目に遭《あ》われたようですな」

　白い医師の第一声はこれであった。

「ドクター・メフィストです」

　二人は顔を見合わせた。

「あんたに会って安心するとは思わなかったぜ」

　とジャギュアが長い息を吐いた。

「ご用件を伺《うかが》おう」

　メフィストが穏《おだ》やかに応答しているのは、彼らを患者乃至《ないし》、その関係者と見なしているからだ。敵と判断した刹那《せつな》、ドクター・メフィストは美しい死の天使に変貌《へんぼう》する——〈魔界医師〉に。

「あんたにしか頼めねえ」

　俯《うつむ》いたジャギュアの横で、シが身を乗り出した。

「——ヌーレンブルクの家にいるフランツって小僧を処分してもらいたい」

「理由は？」

「世界を破滅させたがってる。我々を含めてだ」

　黙然と腰を下ろしているメフィストへ、

「知ってたのかい？」

　ジャギュアがささやくように訊いた。

「いや。しかし、おかしな事態ではありません。あなた方を追うべき者たちも、同様の作業に着手いたしました」

「なんだと？」

二人は顔を見合わせた。

「それじゃ、あんた……何回、世界を破滅させる気だよ？」

少し間を置いてから、シがつぶやくように、

「……どうして、おれたちを解放した？　いちばんおかしな真似をしてるのは、あいつらじゃないか」

いきなり死が襲ったかのように、二人はソファの上に崩れた。それを静かに冷ややかに見やって、

「ヌーレンブルク邸で、何がありましたかな？」

とドクター・メフィストは訊いた。

2

ヌーレンブルク邸での一部始終のうち、メフィストがどこに興味を示したかは謎である。

耳を傾けている間も聞き終えた後も、天与の美貌《びぼう》は、ベツレヘムに生まれた赤児《あかご》の家を東方の三博士に伝えた星のかがやきを失いはしなかった。

ジャギュアとシは、企ての真相を暴くべくフランツに挑んだものの、魔法をかける暇《いとま》もなく吹き飛ばされ、必死の思いでかけても通じず、ほうほうの体《てい》で脱出してきたという。

「あのお嬢ちゃんが止めてくれなきゃ、たぶん分解されてただろうな」

ジャギュアは右の肩を廻した。骨の砕ける音がした。

「肩ばかりじゃねえ。肋骨《ろっこつ》はみいんなバラバラさ。〝蘇生術〟を骨接《つ》ぎに使うたあ、情けねえの極《きわ》みよ。こいつなんざ、おれの倍もやられてる」

「あの小僧は、おれたちの想像を超えたレベルで動いている」

シが暗澹《あんたん》たる声で言った。まぎれもない怯えが、魔牢からの脱獄者を戦慄《せんりつ》させているのだった。

「恥をさらすようだが、おれたちの力では止められん。何とかできるのは、〈魔界医師〉と呼ばれる男

だけだ」

「追う者も追われる者も、おかしな真似をしはじめた」

メフィストの言葉は、死にかけの男たちに生命《いのち》を吹き込んだ。薬は「恐怖」だった。

「用件は確かに伺った。これから、ヌーレンブルク邸に出かけてみよう」

「――早いとこ頼むぜ」

ジャギュアがシの肩を叩いて立ち上がった。

「治療を受けたらどうだね」

院内で苦悶《くもん》する人間はすべて患者――ドクター・メフィストの鉄の倫理である。

「悪いが、やめとくよ」

ジャギュアとシはうなずいた。

「これでも、敵味方ははっきりさせときたいんでな。おれたちは追われる側、あんたは追う側だ。今日は、共通の利益のために話し合いに来ただけさ。病院を一歩出たら、おれたちはあんたを狙うぜ。もっとも、返り討ちに遭っても文句は言わねえけどな」

「いい心掛けだ」

メフィストは静かに言った。

「敵だと明言した以上、黙って帰れるとは思っていまいな。病院を出るまでの道のりは、死という名の永劫につながる」

二人の手と唇が魔力の装塡《そうてん》を行なう様《さま》を見つめたまま、メフィストは全く同じ美しい死神の口調と表情で、

「幸い、院内での抗争は、私が許可しておらん。行きたまえ。外で会おう。それも遠い時間ではあるまい」

二人の魔法使いが、全身から血の気を失って立ち去ると、メフィストは左手の指輪を使って秘書を呼び出し、

「〈魔法街〉へ行く。車を用意したまえ」

と告げた。

フランツは地下室にいた。

人形娘が驚いたことに、彼は難なく〝封印術〟を突破して、娘が想像もしていなかったレベル――ヌーレンブルク邸の地下実験室に入り込んでいたのである。

石と煉瓦《れんが》と薬棚と奇怪な青銅のメカを包む青い光の中で、フランツはある品を人形娘に示した。

「〈歌舞伎町〉で吸い取ってきた精気を組み立てたものだ」

我が子を自慢するような口調をまぶされたそれは、人形娘の見慣れたものであった。

「ゴーレム?」

身長二メートルほどの、相撲取りに似た体型を煉瓦色に染めた泥人形である。

シナイ山の山中でモーゼが十戒《じっかい》の後に授《さず》かったといわれる神の知識カバラ――その中でも最大の秘儀が人造人間《ゴーレム》の創造であった。


今なお、世界の闇に存在をささやかれる奇書の冊――『創造の書《セーフェル・イエツィラー》』から生み出された偽《いつわ》りの人間は、ユダヤ人虐殺《ぎゃくさつ》を防ぐのをその目的としたが、人間が眼で見、耳で聞いただけで発狂死してしまうといわれる超古代の呪われた知識をも貪欲《どんよく》に体内へ吸収、封印するのに使用されたとも言われる。

「今、ある現象を発生させるキイを、この人形の中に封じ込める」

フランツは厳《おごそ》かに宣言した。

「――何をするつもりです?」

人形娘の声も表情も別人のようであった。世界一の魔道士が手ずから作り上げた人形は、彼女に恋し彼女が恋した美青年の意図を察知してのけたのだ。

「わからないか?」

「はい。ですが、想像はつきます。一六世紀、プラハのシナゴーグ(ユダヤ人教会堂)で、司祭《ラビ》がユダヤ人を虐殺から守るため、ゴーレムを作り出したことは有名な事実ですが、同じ一六世紀にケルムのエリアという人物が製造したゴーレムが、世界を破滅に陥《おとしい》れるほどの妖物に成長したことは知られておりません。エリアのゴーレムは、イスラエルに運ばれ、シナイ山中に埋もれていたノアの方舟《はこぶね》と、その船倉に眠っていた〝獣たち〟のつがいを復活させようとしました。しかし、その危機を感じ取ったアラブの首長たちが決死隊を派遣し、ゴーレムの額《ひたい》に刻まれていた秘文字《シェム》〝真理《エメト》〟を削《けず》り取って土に還《かえ》し、世界は破滅を免《まぬが》れたのです。封じ込められた邪悪なる力の解放――ゴーレムの使命はそれではありませんか？」

「僕ひとりでこしらえたのなら、恥ずかしさのあまり笑い飛ばすところだろうな。よくも買いかぶってくれたね、と。だが」

フランツは右手の人さし指を口に入れた。

ゆっくりと引き戻すと、白くて細い紙が巻きついて出てきた。

それをゴーレムの、裂け目としか見えない口に差し込むと、人形はするするとそれを飲み込んだ。

「今、彼に目的を与えた。僕は出ていく。君も早くこの街を離れたまえ」

「私はこの街で生まれました。故郷を捨てるつもりはありません。滅びるのを黙って見ているつもりも、です」

フランツとゴーレムと、戸口を結ぶ線の間に、可《か》憐《れん》な娘は立っていた。襟《えり》もとのリボンが揺れている。風があるのだろう。

もはや、言葉のやり取りはなかった。

電灯でも蠟燭《ろうそく》でもない淡い光の満ちる地下の一室にいるのは、必殺を期した敵同士であった。

人形娘の靴先が軽く石の床を叩いた。

「おっ⁉」

フランツの声は長く下方へ伸びた。床が突然崩れて青年を呑《の》み込んだのである。

暗い底から炎が噴《ふ》き上がった。

「ごめんなさい」

人形娘がゴーレムの方へ歩きだしたとき、崩壊した床は元に戻っている。

人形娘はゴーレムの額を真っ先に見た。

額の真ん中にEMETHとあった。

秘文字《シエム》である。

ドレスの胸もとに小さな手を入れ、人形娘は不相応に大きなハサミを取り出した。秘文字を削れば、ゴーレムは土に戻る。

振りかぶり、振り下ろそうとした手を、若い声が止めた。

「やめてくれ」

次の瞬間、一斉に降りかかってきた石塊《いしくれ》が、人形娘を打ち倒し、その上にごつい石山を作った。その前にフランツが立っていた。

何か言いかけ、彼は右手を頭上に上げて、別の言葉をつぶやいた。

復元した天井から降りはじめた雨は、石塊を溶かしつつ、隙間《すきま》へと流れ込んでいった。酸の雨であった。

「ごめんよ」

ようやく彼は最初の言葉を口にした。どことなく年寄りじみた声であった。

メフィストが到着したとき、前方に黒い羽搏《はばた》きが舞い下りてきた。

大鴉《おおがらす》であった。

「人形はここにいない」

浪曲師を思わせる渋い声である。

「フランツと一緒か？」

「いいや。前に来たことがある、ジャギュアという男だ」

シとともに、メフィスト病院を無事後にした脱獄囚は、またこの家へ舞い戻ったらしい。

「理由を聞いたか？」

「いいや。勝手に入ってきて、小娘を連れて去った。車はタクシーだぞ」

「この家には、ヌーレンブルク家の〈鋼《はがね》の護《まも》り〉がかけられていたはずだが」

「あの坊主が来たときから、ぼろぼろだ。まだ回復しておらん」

「行き先はわかるか？」

「いいや。追いかけようと思ったが、あの坊主、何か怖くてな」

「役に立たぬ羽根だ」

大鴉はひとつ羽搏きをした。

「今のひとこと、高くつくぞ」

「ほお」

「わしに何かあったら、無料で診《み》ると約束するか？　そうしたら教えてやる」

「いいとも」

大鴉は器用に身をひねって家の玄関を向いた。

「あの円柱《ポール》に見えない糸が結んである。人形の分際で過ぎた真似をしよる」


数分後、リムジンは〈早稲田《わせだ》通り〉を〈門《ゲート》〉へと風を切っていた。

〈早稲田大学〉正門へと通じる交差点で、メフィストは停めろと命じた。

「どうした？」

隣《となり》に腰を掛けていた大鴉が訊いた。

「糸はここで切れた」

「切れた？　あの糸がか？　存在しないものは切れたりせんぞ」

「気づかれたのだ。おそらく――」

早朝の街路にはさすがに人の姿もない。

蒸し暑い夏の空気に、メフィストだけが何かを感じ取ったのか、彼はリムジンを降りた。

鴉が鳴いた。

リムジンに残してきた大鴉ではない。頭上を旋回する数個の黒い影をメフィストは見た。

それが彼の瞳を埋め尽くす数になり、凄《すさ》まじい勢いで降下してきたのは、数秒後のことである。

メフィストでなくとも、中級以上の魔道士ならば鼻でせせら笑う〝嘴《くちばし》と爪《つめ》の術〟であった。

鉄の板をも貫《つらぬ》く嘴と爪が獲物を襲い、人ひとり跡形《あとかた》も残さず消滅させてしまうまで、一羽で三〇秒――一〇羽もかかれば二秒とかからない。

だが、今回の鴉はメフィストには無頓着《むとんちゃく》であった。

ほとんど垂直に降下してきては、アスファルトに頭を打ちつけ、血まみれの肉塊と化していく。

飛び散る血潮は、しかし、メフィストの周囲を汚すばかりで、ケープと美貌は月輪のごとく冴《さ》え渡っている。

最後の一羽が激突死を遂げるや、メフィストは血の海に浮かぶ美しい島と化した。

前方――三メートルほど先の血の海から、ぬうと人の形が立ち上がった。血まみれのシであった。

「待っていたぞ、メフィスト」

声の響きに、全身からしたたる血の滴《しずく》が震えた。

「追尾の糸はここで断たれた。おまえの行く道はもう、ひとつしかない」

シの足下《あしもと》から真紅《しんく》のすじが直立した。血が流下《りゅうか》すると、刃のかがやきが現われた。

3

「〝湖水の剣〟だ。おまえも知らぬ過去の技だ。足がなくなる前に逃げ延びてみるか？　その血は溶解液だ。踏み込めば、おまえも溶ける」

刃が風を切った。

メフィストの身体《からだ》は宙に舞っていた。切尖《きっさき》ぎりぎりの位置まで降下し、そこでぴたりと停止したのである。

シの血走った眼がその足下を凝視《ぎょうし》した。

「いつ張った、その針金を？」

「車を降りる前に」

「よくぞかかった、我が技に。見るがいい」

メフィストの身体が突如、糸の切れた人形のように垂直に落ちた。

シの魔術〝返しの逆流れ〟は、このときを待っていたのである。

刃の制空圏内に入ったその足めがけて刃が閃々《せんせん》と躍《おど》りかかる。

最初の一撃が喰い込んだ、と見えた刹那《せつな》、メフィストの身体は上昇に移っていた。

愕然《がくぜん》と頭上をふり仰《あお》いだシの双眸《そうぼう》に、片手を伸ばして何かを摑《つか》んだようなメフィストと、その上空に羽搏く大鴉が映った。

その足首に絡《から》んだひとすじの針金がメフィストを吊《つ》り上げているのだと知ったとき、シの顔面に絶望の波が渡った。

〝返しの逆流れ〟がその針金をなかったことにするより早く、メフィストの右手から放たれた細いメスが一閃《いっせん》、シの喉を貫いた。

「やられた……ダキア……ジャギュア……頼んだぞ」

そして彼は街路に崩れ落ちた。

もしも、〈新宿〉の占い師や魔法使いを集めて、この街にとって最も危険な日はいつか、と透視してもらったら、彼らは信じられないという表情になって、それから緊張を解きつつ、今日だと答えるに違いない。

今日——突然、その日は来た。

だが、妖気に満ちた暑い夏の朝は、それ自体、寝《ね》惚《ほ》けたようにとりとめもなく広がるばかりで、街の大半はなお眠りに就《つ》いている。不気味と平穏——不可思議な混交がここにはあった。

「わかるか？」

メフィストを固いアスファルトに下ろすと、大鴉は重々しく訊いた。ジャギュアと人形娘——ひいてはフランツの行方《ゆくえ》を尋ねたのである。人形娘が遺《のこ》した糸は切れたままだ。

「何なら、わしが」

と羽搏いてみせたが、

「間に合うまい」

メフィストの返事は短くて適切である。

地面が揺れた。

「これは――〈魔震〉と同じ……」

メフィストはうなずいた。気づいていたのである。

〈魔震〉発生メカと三人の兄弟子たち、ジャギュアと人形娘――そして、フランツはどこにいる？

ふと、思った。

――がいれば
誰かがその肩を叩いた。

メフィストに気配さえ感じさせずに、背後を取った相手であった。

「昨夜《ゆうべ》、〈歌舞伎町〉でぶつかったら、二本も糸がくっついてた。気になって、僕の分も付けといたよ」

背後の声に、

「それはわざわざ」

とメフィストは応じた。

上空の大鴉の軌跡が大きく乱れはじめていた。うっとりと溶けているようであった。

タクシーが〈四谷ゲート〉に到着すると、後部座席の窓から外を覗《のぞ》いていたジャギュアが、

「いたぞ」

と低く告げた。

〈ゲート〉の両側には〈亀裂〉の商業的利用法のひとつ――展望台が広がり、撮影ポイントもある。

今、ちらほらとしか人影の見えないコンクリの台上に、フランツが立って金網越しに〈亀裂〉を覗き込んでいた。右方に人形《ゴーレム》が立っている。観光客たちが、ちらちらとそちらを見るのは当然の反応といえた。

「野郎、なに考えてやがる」

罵《ののし》ってから運転手に、

「しばらく待っててくれ。危ないと思ったら、このお嬢ちゃんを元の家へ送り届けてくれ」

万札を渡して降りようとするジャギュアよりも早く、反対側のドアが開いた。

「あ、おい!?」

制止の声も聞かず、人形娘はフランツの方へ歩み寄っている。

「おい、よせ！」

ジャギュアが止めたのは、今のフランツの険呑さよりも、娘の無惨さであったかも知れない。

顔の左半分は溶け、焼け焦げたサテンのドレスごと下の肌も穴だらけだ。フランツの降らせた酸の仕《し》業《わざ》であった。ジャギュアがヌーレンブルク邸へ戻ったとき、娘は地下から居間へと這《は》い出したところであった。ジャギュアが戻ってきたのは、やはりフランツを放置しておけなかったからだ。彼の行く先が分かるという人形娘をタクシーに乗せて、彼は目的地に辿《たど》り着いたのであった。

「おやめください！」

悲痛な叫びに、青年はふり向いた。駆け寄る娘と、ジャギュアを眼にした瞬間、ほとんど反射的に右手がゴーレムを掴んだ。

事情も知らぬ観光客たちが悲鳴を上げたのは、未来を直感したものか。

金網を越えて投擲《とうてき》されたゴーレムは、優雅な弧を描きつつ、〈亀裂〉の顎《あぎと》にその姿を没していった。

「フランツさん――あの人形は？」

「――てめえ、何をした!?」

立ち止まった二人の詰問へ、美青年は老人のような無表情で、

「ゴーレムが、眠ったものを呼び醒《さ》ます」

と返した。

「あれは遺跡を補修し、くすぶる熾火《おきび》を灼熱《しゃくねつ》させ、復活の呪文を唱える。これにふさわしい場所が、〈亀裂〉の他にあるのかね？　ほれ、聞くがいい。

すでに地底の〈埋もれたものたち〉は、鳴動しつつあるぞ」

「あなたは――」

「――師よ!?」

人形娘とジャギュアは、のけぞって笑う老人を見た。

靴の底から、地殻《ちかく》の動きが伝わってきた。観光客たちが悲鳴を上げて駐車場へと走りだす。

「ま、〈魔震〉か!?」

立ちすくむジャギュアへ、

「違います。何かが――何かが上昇してくるわ!」

「なにィ!?」

二人は金網に駆け寄り、眼を凝《こ》らした。

何万回測っても、その深さを明らかにしなかった〈亀裂〉の底から、確実に何かが浮き上がってくる。

「あれは何だ?」

「〈亀裂〉の奥に眠っていたものです。遺跡とか――力とか」

「出したらどうなる?」

「わかりません」

人形娘は焼け爛《ただ》れた顔をフランツに向けた。

「――あなたはなぜ、こんなことを!?」

そのとき、フランツと〈亀裂〉とを見比べていたジャギュアが、裂け目の向こうに眼をやって動かなくなった。

「あ、あいつら――〈区外〉で何してやがる!?」

「えっ!?」

人形娘の声は悲鳴に近い。

二〇〇メートル彼方《かなた》の、これも金網の向こうに集まった影など、識別は不可能に近い。だが、青い人工の眼には、ジャギュア同様、三個の人影の正体がはっきりと見分けられるのであった。

言うまでもなく、メフィスト病院の分院から忽然《こつぜん》と消滅したミーシャ・バイヤン、ゾルタン・バイユ、元唱林の三人《トリオ》だ。そして、彼らが取り囲み、こねくり廻している奇妙なメカは――〈魔震〉増幅機に間違いない。

「この坊主とあいつら――何をやらかすつもりだ？」

歯ぎしりするジャギュアへ、

「あの形は、確か――」

人形娘は驚愕と恐怖の息を引いた。

「どういうことなんでしょう。今、〈亀裂〉の底に秘められたものが浮上し、そこに〈魔震〉の再現が加わったら……世界は何度でも死に絶えては生き返り、また死に絶える――無限の繰り返しです」

「あいつら――おれたちを討ちに来たくせに、プラモを組み立てやがって。いや、そもそも、おれたちは何しにこの街へ来たんだ？　さらに戻って、なぜ解放された？」

「来ます……来ます……地の底から……」

人形娘がつぶやいた。その姿は路上に捨てられ、火と雨とに打たれて朽《く》ち果てた小さな物体のように見えた。


不思議な感情の相剋《そうこく》がフランツの身を灼《や》いていた。

自分の内部《なか》に途方もない力を備えた別人格が生じているのはわかっていた。それがフランツ自身の自我を抑えつけ、彼として外部へ表出しているときも、彼はそれを自分と意識しつづけていたのだった。

逆らうことはできなかったが、批判も憎悪も怒りも抱くのは自由だった。

別人格が彼の手を使ってゴーレムを作り上げたときも、彼はやめろと絶叫し、こね上げられつつある人形を破壊しようと努めた。指一本動かせないとしても。

今、フランツは絶望の灰色に胸を濡らしていた。

ゴーレムは〈亀裂〉へ投じられ、この星が出来て以来、眠りに就いていたものが、眼を醒まそうとしていた。その結果がどうなるかは、彼にも一目瞭然《いちもくりょうぜん》であった。彼は必死に抗《あらが》い、異を唱え、その結果自らの手で、いともたやすくゴーレムという触媒を〈亀裂〉へ投じてしまった。

破滅は、自分のせいだ。

彼は自らを支配するもうひとつの人格の高らかな哄笑《こうしょう》を聞いた。

そのとき、その声が聞こえたのだ。

何とも言えない違和感がフランツを捉《とら》えた。

それは、しかし、威厳に満ち、正義を確信する声で言った。

「地底より出ずるものを止めい。それには〈魔震〉を使うのだ。新しいおまえにしかできぬ、新しい使い方でな。そのために——わしを追い出せ。そして最後のひとりを斃《たお》せ」

この瞬間、フランツは違和感の正体を知った。

この声もまた哄笑の主のものなのだ。

フランツは精神の緊張を解いて、自らの潜在意識の深部へと降下していった。


ファウスト学舎で学んだ、身を切って自身の階梯《かいてい》を上昇させる唯一の法——〝秘奥探究の術〟である。

人間の精神の核には、自身も知り得ぬ何か——可能性と呼ぶべきものが秘匿《ひとく》されている、とファウスト師は告げた。

それは宇宙に誕生した生命の数に等しい可能性をもって、それを有する者の意識との接触を否定される。にもかかわらず、成し遂げた者は、史上に名を残す栄誉と力とを掌中《しょうちゅう》に収めるのだ。

いわくソロモン王、いわく預言者モーゼ、いわく救世主イエス、いわく霊王スウェーデンボルグｅｔｃ．ｅｔｃ．

だが。彼らが手にしたものは、その断片にすぎぬ、と降下するフランツの耳に、声はささやきつづける。

「そのものを手に入れ、すべてを理解したものは、理解したと気づかぬまま力持てる存在になりおおせるだろう。おまえはそれになれ。そのために囚人たちは破獄し、おまえの先輩たちは駆り出されたのだ。彼らの最後に残ったものをおまえは斃せ。そのとき、おまえの誕生の意義とわしの目的は成就される」

「あなたは――あなたは何者だ？　僕はどっちを選べばいい？」

混沌《こんとん》の奈落へと降下しつつ、フランツはなおも叫んだ。巨大な相剋の爪が彼を引き裂こうとしていた。脳が沸騰《ふっとう》し、血と内臓が悲鳴を上げながら吸い取られていく。激痛と絶望の中で、フランツは思考しつづけた。どちらを選ぶ？

そのとき――暗黒の果てに彼は見えざるものを見た。

あった。

夢中でフランツは手を伸ばした。

背後の気配を感じて、三人はふり向いた。


「ほお、いつの間に？」

と破顔してのけたのは元唱林である。

「そのメカを使わせていただきに参上しました」

とフランツは応じた。ほんの数秒前まで、二〇〇メートルの彼方にいた若者である。

「おまえ――憑《つ》かれたな」

ゾルタン・バイユが〝妖甲《ようこう》の術〟の印を結んでから眼を据えた。

「いいえ、解放されたのです。だから〈ゲート〉以外越えられるはずのない〈亀裂〉さえ、〝移動〟できた」

フランツは三人の背後――〈亀裂〉の方を見た。

底からせり出したものは、霊視の利《き》く位置まで浮上していた。

おびただしい城塔《じょうとう》、濠《ほり》、そこに蠢《うごめ》く異形《いぎょう》の人々と生きものども。彼らが操る初源の知恵が生んだメカニズム。

「僕の中の〝あの方〟はこれらを浮上させ、世界を破滅させせろと命じました。けれども、同じその方が、それを防げと指示しております。どちらに従えばいいのか、僕は半狂乱になりました。ですが今、決着がつきました。僕はあなた方を斃し、世界を守ります。それにはその機械が必要なのです」

「邪魔をしないで」

ミーシャ・バイヤンが歯を剝いた。

戦いが開始された。

敵も味方もない――いや、今回の戦いそのものが、たったひとりの青年と、それ以外の者たちすべてとの戦いとして仕組まれていたのだった。

メフィストのリムジンが到着したとき、人形娘だけが展望台の一隅に倒れていた。

リムジンから降りた人影が小さな身体を抱き起こした。

「あなたは!?」

疲れきった身体からとは思えぬ驚きの声が、小さな唇から迸《ほとばし》った。彼女は訴えた。それを受け止められる相手であった。

「〈亀裂〉の底から……」

「それは消えた。元のところへ帰ったよ」

「え？」

「ひとりかい？」

今回の事件が起こってからはじめて耳にする和《なご》やかな――春風駘蕩《しゅんぷうたいとう》たる声に、人形娘は急速に意識が遠のいていった。

必死に気を取り直して、

「ひとり――四人の方がいたのですが、みなを止めに行くとおっしゃって、〈区外〉へ。でも、あなたはどうしてここへ？　そのお車はドクターの……」

「話せば長くなる――かも知れない。僕もある人物を捜《さが》しに来た。今、メフィストがその人物に会いに行っているよ」

二対の眼が朝の光を貫いて、〈区外〉へと飛んだ。

地底からのものを送り返してのけたメカは、限界を超えた稼動のせいで原形を失うまで溶け崩れていたが、それをはさんで立つ二つの人影は、穏やかともいうべき雰囲気を漂わせていた。

「ドクター・メフィスト」

「フランツ・ベルゲナー」

白い医師はこう続けた。

「他の四人はどうした？」

「五人です。消えました」

五人目は、ミーシャと元、そしてメフィストの内部に潜むダキアの分身であった。

「私が残っているぞ」

「あなたとは戦いたくありません」

「いいや、君はやらねばならん。なぜなら、私も内奥のものに触れ、理解したひとりだからだ」

「………………」

「師の望みは、自らの後継者選びだった。だが、最初から候補者はひとりに決まっていた。酷《むご》い真似をなさる」

「ですが、ドクターとは……」

「逃げられぬよ。私は師の後を継ぐと考えたことはない。そこがお眼鏡《めがね》に適わなかったものと見える。君は従うつもりだろう」

「………………」

「ならば、私を斃せ。本来は、ここへ来たとき、私たちが戦えば済んだことなのだ」

フランツはよろめいた。

その胸から白い刃が生《は》えていた。いつとも知れずメフィストが投じたメスである。

足がもつれ――というより、妙な動きを示して彼は後じさり、金網に触れた。

メスに込められた力のせいか、金網は一種の幻と化して、フランツを通過させ、彼は〈亀裂〉の深淵《しんえん》へと落ちていった。

「ドクター」

〈ゲート〉を抜けたリムジンから二つの人影が降

りて、小さいほうが駆け寄り、あっと息を呑んだ。

メフィストの身体を通して、金網が見えるではないか。

「どうやら、私も消えていくようだ」

と白い医師は言った。

「師の護符はこのためか。本来なら一瞬の間に消えている。だが、止められん」

黒い人影がコートの裾《すそ》をなびかせてやって来た。

「針金を出せ」

と人影は言った。

「無駄だ。ここは〈新宿〉ではないよ」

「私が〈新宿〉だ」

メフィストの眼がかがやいた。

「久しぶりに会った。我が想い人に」

その右手から光るすじが伸び、人影の拳《こぶし》に吸い込まれた。

ゆっくりと、メフィストに実体が戻ってきた。

「彼はどこへ行った？」

と人影が訊いた。

「地の底だ。だが、我が師が選んだ後継者だ。必ず戻ってくる。〈亀裂〉の秘密を身につけて、な。そして、それを迎え討つべく私は残されたのだ」

「ふうん」

と人影は気もなさそうに応じた。まさにそのとおり。メフィストにとっては終わりのない戦いのはじまりを告げる序曲ではあるが、彼にとって、すでに事件は終わったのだった。

メフィストは人形娘の方を向いた。

「気になるか？」

金網の方を向いたまま、小さな少女はかぶりを振った。

「いいえ」

その声に、ささやかな後ろめたさが含まれていたかどうかはわからない。

聞く者の耳には、哀しみばかりが溢れる声であった。

〈注〉この作品は月刊「小説ＮＯＮ」誌（祥伝社発行）二〇〇九年二月号から六月号までに「魔囚討伐隊」と題し掲載されたものに、著者が刊行に際し、加筆、修正したものです。

――編集部

あとがき

久方ぶりのメフィスト譚《たん》であります。ただし、残念ながらと言うか、新奇を求めたというか、メインの主人公は若き魔道士《ウイザード》であり、我が白い医師はサポートに廻《まわ》ります。

と言っても、そこはドクター・メフィスト。そう簡単に若者に花を持たせる好々爺《こうこうや》みたいな真似《まね》をするはずがない。

魔法VS.魔法が火花を散らす妖戦地帯で、彼が果たす役割とは？

資料を読むと、本当の魔法戦というのは、実に面倒で、儀式そのもので、血湧《わ》き肉躍《おど》る小説的アクションには、およそ不向きということがわかる。

今更の話だが、小説的に加工して事実をねじ曲げるよりは、いっそ全編フィクションで通してしまおうと、担当のＨ氏（強面《こわもて》）にお伺《うかが》いを立てると、

「何言ってるんですか、ちゃんとした方法でやってくださいよ」

と、電話の向こうで腕まくりするのがわかるような声を出した。

この男にだけは理屈や議論は無駄である。作家と編集者との関係を決めるのは、売れ行きでも会社の規模や歴史でもない。気合である。最後の殴り合いでどちらが勝つかである。

負けるのはわかっているから、私はすぐ一計を案じた。力には知性で応じるしかない。

「わかった、そうする」

そして、連載中、すべてフィクションで通したのである。

自分の主張が勝利したと思っているH氏は、

「うむ、面白いですね。うむうむ」

と、ひどく満足そうであった。

上司のT氏（覚えておられるだろうか。あのT氏である）も、私の担当から出世して、今は出版部長だ。やれやれ。

「うむ、よし」

と禿《はげ》かかった額《ひたい》を叩いて、喜んでいたらしい。楽しいコンビである。

執筆中、最も頭を悩ませたのは、H氏の「チェック・メモ」であった。暴力沙汰《ざた》専門にしか見えないこの男は、仕事には実に誠実で、頭に来るくらいマメなのである。

毎月、書店に「小説NON」が並んだ後で、

「南無阿弥陀仏《なむあみだぶつ》　今回の不審点は〜」

ではじまり、

「〜以上です。合掌」

で終わるＦＡＸを送ってくる。

中身はその回の矛盾点その他である。問題はその他のほうで、漢字のミスや字の乱れ、私生活の問題点にまで及ぶ。

「このあいだ伺った際、通常の起床時間帯にもかかわらず、眼をしょぼしょぼさせていらっしゃいましたが、不摂生《ふせっせい》の賜物《たまもの》だと存じます。も少し、ご自分に厳しくなくてはいけません。食事には酢を多くしてください」

献立《こんだて》にまで口をはさむかと、同居人も天を仰《あお》いでいた。

いつもの私なら、指摘が正しくても無視するところなのだが、シャドウ・ボクシングを実行中の彼の息遣いや、パンチ、フットワークを目《ま》の当たりにすると、すぐに直してしまうのであった。

しかも、連載中のイラストを担当していただいたＳ氏には、以前あまりにも迷惑をおかけしたことがあり、そのお詫《わ》びにご夫婦を招いて会食の準備をしようと提案すると、しばし腕組みをして眼を閉じて数秒、

「半《はん》」

とか言いだすんじゃないかと訝《いぶか》る私へ、

「S先生の奥様、美人ですよね」

野郎、何を言いだすのかと身構えていた私は、呆然《ぼうぜん》となり、

「それがどうした?」

と言うのが精一杯であった。

「それですか、狙いは?」

これには私も逆上し、

「それって何だ、それって?」

と気色《けしき》ばむと、危《ヤバ》いと思ったのか、また腕組みをして眼を閉じ、

「うーむ」

と沈黙状態に陥《おちい》ってしまった。

普通なら、これで終わりである。

ところが、この担当者は、すぐに眼を見開き、

「それで、提案ですが、K先生はS先生ともっぱらお話をし、私が奥様を担当するという
ことに——」

「真面目《まじめ》な顔して言うな。帰れ、莫迦野郎《ばかやろう》」

とまあ、こういう担当者を相手に、今回のメフィスト君は書き上げられたわけです。

ご愛読いただけると嬉しいです。

○九年六月二七日
「コーラスライン」を観《み》ながら

菊地秀行

と、ここまで書いたら、H氏よりTELあり。ラストに出てくる黒い影が、初めて読む人にはさっぱりわからない、フォローせよ。

――というわけで、知りたい人は私の別シリーズ〈魔界都市ブルース〉と、〈マン・サーチャー・シリーズ〉をお読みください。

若き魔道士

ノン・ノベル百字書評

キリトリ線

なぜ本書をお買いになりましたか（新聞、雑誌名を記入するか、あるいは○をつけてください）

□（　　　　　　　　　　　　）の広告を見て
□（　　　　　　　　　　　　）の書評を見て
□ 知人のすすめで　　　　□ タイトルに惹かれて
□ カバーがよかったから　□ 内容が面白そうだから
□ 好きな作家だから　　　□ 好きな分野の本だから

いつもどんな本を好んで読まれますか（あてはまるものに○をつけてください）

●**小説**　推理　伝奇　アクション　官能　冒険　ユーモア　時代・歴史　恋愛　ホラー　その他（具体的に　　　　　）
●**小説以外**　エッセイ　手記　実用書　評伝　ビジネス書　歴史読物　ルポ　その他（具体的に　　　　　）

その他この本についてご意見がありましたらお書きください

最近、印象に残った本をお書きください		ノン・ノベルで読みたい作家をお書きください	

1カ月に何冊本を読みますか	冊	1カ月に本代をいくら使いますか	円	よく読む雑誌は何ですか	

住所					
氏名		職業		年齢	

あなたにお願い

この本をお読みになって、どんな感想をお持ちでしょうか。

この「百字書評」とアンケートを私までいただけたらありがたく存じます。個人名を識別できない形で処理したうえで、今後の企画の参考にさせていただくほか、作者に提供することがあります。

あなたの「百字書評」は新聞・雑誌などを通じて紹介させていただくことがあります。その場合はお礼として、特製図書カードを差しあげます。

前ページの原稿用紙（コピーしたものでも構いません）に書評をお書きのうえ、このページを切り取り、左記へお送りください。祥伝社ホームページからも書き込めます。

〒一〇一－八七〇一
東京都千代田区神田神保町三－六－五
九段尚学ビル　祥伝社
ノン・ノベル編集長　辻　浩明
☎〇三（三二六五）二〇八〇
http://www.shodensha.co.jp/bookreview/

「ノン・ノベル」創刊にあたって

「ノン・ブック」が生まれてから二年一カ月、ここに姉妹シリーズ「ノン・ノベル」を世に問います。

「ノン・ブック」は既成の価値に〝否定《ノン》〟を発し、人間の明日をささえる新しい喜びを模索するノンフィクションのシリーズです。

「ノン・ノベル」もまた、小説《フィクション》を通して、新しい価値を探っていきたい。小説の〝おもしろさ〟とは、世の動きにつれてつねに変化し、新しく発見されてゆくものだと思います。

わが「ノン・ノベル」は、この新しい〝おもしろさ〟発見の営みに全力を傾けます。

ぜひ、あなたのご感想、ご批判をお寄せください。

昭和四十八年一月十五日

NON・NOVEL編集部

NON・NOVEL —869

ドクター・メフィスト　若《わか》き魔道士《まどうし》

平成21年9月10日　初版第1刷発行

著者　菊《きく》地《ち》秀《ひで》行《ゆき》

発行者　竹内和芳

発行所　祥《しょう》伝《でん》社《しゃ》

〒101-8701
東京都千代田区神田神保町 3-6-5
☎03(3265)2081(販売部)
☎03(3265)2080(編集部)
☎03(3265)3622(業務部)

印刷　萩原印刷

製本　関川製本

ISBN978-4-396-20869-1　C0293

Printed in Japan

祥伝社のホームページ・http://www.shodensha.co.jp/

長編伝奇小説 竜の柩《ひつぎ》 高橋克彦

長編伝奇小説 新・竜の柩 高橋克彦

長編伝奇小説 霊《たま》の柩 高橋克彦

長編歴史スペクタクル 紅塵《こうじん》 田中芳樹

長編歴史スペクタクル 奔流《ほんりゅう》 田中芳樹

長編歴史スペクタクル 天竺《てんじく》熱風録 田中芳樹

長編新伝奇小説 夜光曲 薬師寺涼子の怪奇事件簿 田中芳樹

長編新伝奇小説 水妖日にご用心 薬師寺涼子の怪奇事件簿 田中芳樹

サイコダイバー・シリーズ①～⑫ 魔獣狩り 夢枕 獏

サイコダイバー・シリーズ⑬～㉓ 新・魔獣狩り〈十一巻刊行中〉 夢枕 獏

長編新格闘小説 牙鳴り 夢枕 獏

長編小説 牙の紋章 夢枕 獏

マン・サーチャー・シリーズ①～⑩ 魔界都市ブルース〈十巻刊行中〉 菊地秀行

魔界都市ブルース 死人機士団《しびときしだん》〈全四巻〉 菊地秀行

魔界都市ブルース ブルーマスク〈全二巻〉 菊地秀行

魔界都市ブルース 〈魔震〉戦線〈全二巻〉 菊地秀行

魔界都市ブルース 紅《くれない》秘宝団〈全二巻〉 菊地秀行

魔界都市ブルース 青春鬼〈四巻刊行中〉 菊地秀行

魔界都市ブルース 闇の恋歌《こいうた》 菊地秀行

魔界都市ブルース 妖婚宮《ようこんきゅう》 菊地秀行

長編超伝奇小説 ドクター・メフィスト 夜怪公子《やかいこうし》 菊地秀行

魔界都市迷宮録 ラビリンス・ドール 菊地秀行

魔界都市プロムナール 夜香抄《やこうしょう》 菊地秀行

魔界都市ノワール・シリーズ 媚獄王《びごくおう》〈二巻刊行中〉 菊地秀行

魔界都市アラベスク 邪界戦線 菊地秀行

超伝奇小説 退魔針《たいましん》〈三巻刊行中〉 菊地秀行

長編超伝奇小説 魔界行 完全版 菊地秀行

新バイオニック・ソルジャー・シリーズ 新・魔界行〈全三巻〉 菊地秀行

NON時代伝奇ロマン しびとの剣〈三巻刊行中〉 菊地秀行

長編超伝奇小説 龍の黙示録〈九巻刊行中〉 篠田真由美

長編ハイパー伝奇 呪禁官《じゅきんかん》〈二巻刊行中〉 牧野 修

長編新伝奇小説 ソウルドロップの幽体研究 上遠野《かどの》浩平

NON NOVEL

長編新伝奇小説 メモリアノイズの流転現象 上遠野浩平

長編新伝奇小説 メイズプリズンの迷宮回帰 上遠野浩平

長編新伝奇小説 トポロシャドゥの喪失証明 上遠野浩平

猫子爵冒険譚シリーズ 血文字GJ《ジー・ジェイ》〈二巻刊行中〉 赤城《あかぎ》 毅《つよし》

長編新伝奇小説 魔大陸の鷹 完全版 赤城 毅

魔大陸の鷹シリーズ 熱沙奇巌城《ねっさきがんじょう》〈全三巻〉 赤城 毅

長編冒険スリラー オフィス・ファントム〈全三巻〉 赤城 毅

長編新伝奇小説 有翼騎士団 完全版 赤城 毅

長編新世紀《ミレニアム》ホラー レイミ 聖女再臨 戸梶《とかじ》圭太《けいた》

長編時代伝奇小説 真田三妖伝《さなださんようでん》〈全三巻〉 朝松 健

長編エンターテインメント 麦酒《ビール》アンタッチャブル 山之口《やまのぐち》洋《よう》

長編本格推理 羊の秘《ひ》 霞《かすみ》 流一《りゅういち》

長編ミステリー 警官倶楽部 大倉崇裕

天才・龍之介がゆく!シリーズ 殺意は砂糖の右側に〈十一巻刊行中〉 柄刀《つかとう》 一《はじめ》

長編極道小説 女喰《ぐ》い〈十八巻刊行中〉 広山義慶

長編求道小説 破戒坊《はかいぼう》 広山義慶

長編求道小説 悶絶禅師《もんぜつぜんじ》 広山義慶

長編悪党サフリーマン小説 裏社員〈凌虐《りょうぎゃく》〉 南 英男

長編クライム・サスペンス 嵌《は》められた街 南 英男

長編クライム・サスペンス 理不尽《りふじん》 南 英男

長編ハード・ピカレスク 毒蜜 裏始末 南 英男

ハード・ピカレスク小説 毒蜜 柔肌《やわはだ》の罠 南 英男

長編ハードボイルド 沸点 汚された聖火 小川竜生

エロティック・サスペンス たそがれ不倫探偵物語 小川竜生《たつお》

長編情愛小説 性懲《しょうこ》り 神崎京介

情愛小説 大人の性徴期 神崎京介

長編冒険小説 冥氷《めいひょう》海域 オホーツク「動く要塞」を追え 大石英司

長編超級《メガ》サスペンス ゼウス ZEUS 人類最悪の敵 大石英司

長編ハード・バイオレンス 跡目《あとめ》 伝説の男・九州極道戦争 大下英治

長編冒険ファンタジー 少女大陸 太陽の刃《やいば》、海の夢 柴田よしき

ホラー・アンソロジー 紅《あか》と蒼《あお》の恐怖 菊地秀行他

推理アンソロジー まほろ市の殺人 有栖川有栖他